丹心显隐录

谢行 陶然 著

中国书籍出版社
China Book Press

图书在版编目(CIP)数据

丹心显隐录 / 谢行，陶然著. —北京：中国书籍出版社，2023.4
ISBN 978-7-5068-9356-5

Ⅰ. ①丹… Ⅱ. ①谢… ②陶… Ⅲ. ①散文集-中国-当代 Ⅳ. ①I267

中国国家版本馆 CIP 数据核字(2023)第 039085 号

丹心显隐录

谢行 陶然 著

责任编辑	王志刚
责任印制	孙马飞　马　芝
封面设计	舟　静
出版发行	中国书籍出版社
地　　址	北京市丰台区三路居路 97 号(邮编:100073)
电　　话	(010)52257143(总编室)　(010)52257153(发行部)
电子邮箱	chinahp@vipsinacom
经　　销	全国新华书店
印　　刷	中建精彩(福州)印务有限公司
开　　本	1189 毫米×889 毫米　1/32
印　　张	9.75
字　　数	282 千字
书　　号	ISBN 978-7-5068-9356-5
版　　次	2023 年 4 月第 1 版　2023 年 5 月第 1 次印刷
定　　价	50.00 元

版权所有　翻印必究

自 序

《老子》被称为万经之王。这是推崇老子之人的赞誉。如此赞誉并不为过，老子发现了"永恒之道"，阐释了宇宙发生的本源；道是万物之母，有生于无。《老子》第一个系统地阐明"道"理论，成为道家渊薮；宇宙天地不再是终极真实，而是道的彰显；中华文明拥有了无限和永恒。这是伟大之超越！

《老子》主要揭示了如下真知：

一是道生万物，天人同构。万物含天和地，都是大道所生。宇宙和人是孪生兄弟，所以天人同构，具有全息关系。道是万物之母，也是科学之父。

二是道法自然，自根自本。宇宙万物源于"无"。道具有自生的能力，一切从无到有，今得到科学的论证。

三是知行同体，身国一理。知的是道，行的也是道。故称知行同体。要治国，先治身；身治好了，也就知道管理之道了。

然而，由于历史原因，老子之道没有得到正常的传承和弘扬。不仅没有，还给老子蒙上诸多色彩：中华元典精粹掩埋于书丛，高搁于道藏。首先是汉武帝罢黜百家，道家罢而不"黜"。其次是魏晋儒生，做表面文章，"知"而不行。到唐朝，李世民将道家纳入道教推行，成玄英提出双玄理论。道家薪尽火传，仅学者忙于做文字功夫。范文澜先生在《中国文化史上大冤案》中，第一次为老子喊冤。老子是消极遁世的吗？无为是不作为吗？老子是唯心论者吗？老子是反文明的吗？老子是道教祖师爷吗？

唐陆希声在《道德真经传序》中说："质之为教，其理微，故深不可识，深不可识，则妄作者众矣。"

"杨朱宗老氏之体，失于不及，以至于贵身贱物；庄周述老氏之用，失于太过，故务欲绝圣弃智；申、韩失老氏之名，而弊于苛缴刻急；王、何失老氏之道，而流于虚无放诞，此六子者，皆老氏之罪人也。"（见《道德经集释·道德真经传》，第109页第四行，中国书店，2021年9月，第二次印刷）

笔者注："质之为教"是与"文之为教"比较而言。"文之为教，事彰，坦然明白。""六子"指杨朱、庄周、申不害、韩非、王弼、何晏。陆希声从体、用、名、道诸方面指出他们的不足。其观点，笔者不加评判，读者自悟。

王力先生发现《老子》主旨为二[①]：实践与理论。

[①] 详见王力先生《老子研究》，天津古籍出版社，1989年11月版。

并列出纲要,辑于下:

```
无 → 有 → 万物
         ↓
```

理论学	实践学	
道	道	道
理	动	用
辨名、齐物、阅甫	守柔、非战、戒矜、慎事	复命、崇俭、知止、去智、去欲等

黄友敬先生,身患重病,在学习《老子》中,悟得人体修真秘诀,治疗好了十多种病,然后开始传授悟道心得。可谓知行融一之例。

老子被称为道家,并与儒家、墨家并列,是后人的事,老子本身并没有创建道家的意愿,老子之道绝不是一家之说,而是万家之源。

有知名学者说,道仅仅是老子的预设,是不存在的。如果说道不存在,研究老子之道不就成为空谈了吗?

罗素说,科学的目的是为了揭示真相。为了接近真相,我开始阅读现代科学、宇宙天文学、天体物理学、量子力学——牛顿哲学思考、爱因斯坦相对论、伽利略、笛卡尔、薛定锷、玻尔——研究当代新道家,他们是科学家,却相信道的存在,李约瑟为自己加号"十宿道人",卡普拉理解道家的无为,他认为道家戒绝反自然的活动。汤川秀树说，"最令我惊讶的是，两千多年前的中国古代思想家们竟然在那么早的年代就摆脱各种原始成见……而老子却以惊人的洞察力看到个体的人和整个人类的最终命运。"

我坚信老子是中华文化精髓，人类文化之根。而且是唯一。因唯一，老子之道只能从老子中找答案。老子说，"吾言甚易知，甚易行，天下莫能知莫能行。"（70章）"知我者希，则我者贵。"（70章）"使我介然有知，行于大道》"（53章）"上士闻道，勤而行之。"（41章）在"知"之后，紧接着"行"，老子中的"知行"如同时空，不可分离。根据老子的知行原则，再回看第一章，第一章便是知行的总纲。（详见本书"知行同体论"章节）

道是什么，历来众说纷纭。大多人推崇周易的"一阴一阳谓之道"，宋程颢说"道之外无物，物之外无道"，他说："形而上为道，形而下为器，须著如此说。器亦道，道亦器……"他的弟弟程颐说："一阴一阳不是道，所以阴阳才是道。"这对道的理解上了一个台阶。道外无物，物外有道；道于器中，器外有道；器与道，不等同。物外是何道？恒道也。由于避讳，将"恒道"改写成"常道"，历来人们无法正确理解老子之大道，直至帛书的出土，才解决了这一问题。阴阳为什么会演化？背后有道。阴阳为"二"，这是公认的。生阴阳的必是"一"了，一仍然不是道。

古代人解道，很是朴实，道生一，一是混沌，二是阴阳（有人解天地），二生三指天地人（有人解人、动物、植物），三生万物指天地人派生出万物（有人解人、动物、植物生出有生命的万物）请问，混沌是什么？老子的万物仅指有生命之物吗？人、动物、植物能生出微生物吗？当今时代，有些学者仍用这种方法搪塞读者。如果能用现代科学去解读《老子》生成论，为什么不尝试一下呢？

笔者认为要用现代的词汇让人明白，老子用"逝"述时间，用"域"来述空间；我们用"时空"来表述老子的"逝域"，不浅显明白吗？笔者将传统文化结合现代科学进行解读尝试，旨在使读者对老子之道有具象的认知。比如：道生一，一即时空（中有能量）；一生二，时空由于虚粒子和实粒子的出现，分化为正负时空；二生三，虚实粒子不断地产生和湮灭，由于对称性破缺，出现了基本粒子，包括质子、中子、电子、原子等等；这三是多样性的，只有三的多样性，才有万物的多样性。（详见"大道时空论"章节）

老子文化是中华文化精髓，也是世界文化之根；他既是根文化，又是世界文化大平台。老子之道就是宇宙万物万事文化的总源头，胡孚琛研究员认为："道家文化，具有最高的超越性和最大的包容性，他不仅包容进中国诸子百家的精华，而且还可以融汇东西异质文化的各种最优秀思想。……全世界的自然科学、社会科学、哲学、宗教等多种领域的学者，将不断从道学的智慧中得到启发，总有一天会对以上论断产生共识。"（胡孚琛《道学通论》第65页，社会科学文献出版社，2004年6月）

李约瑟也发现了道家思想的世界意义，他说："道家思想属于科学和原始科学的一面，被忽略了。"他还说，"近代科学与技术每天都在做出各种对人类及社会有巨大潜在危险的科学发现，对它的控制主要是伦理的和政治的，而我将提出，也许正是在这方面，中国人民中的特殊天才老子可以影响整个人类世界"。（摘自李约瑟1975年在蒙特利尔的演讲，见董光璧《当代新道家》第42页，华夏出版社，1999年1月北京第2次印刷）

卡普拉发现，现代物理学的世界观与东方古代思想相类似。出版了《物理学之道》，他认为，"现代系统论的观点表现着向古代中国人思想归复的特征，体现着老子的伟大的生态智慧。这意味着现代科学观同古代东方思想的平行。在这个意义上，未来的世界文化模式是一个东西方文化平衡的文化，是一个人文文化与科学文化平衡的文化模式"。详见"当代新道家"节，这就是中华文化的自信。（董光璧《当代新道家》第73页，华夏出版社，1999年1月）

大道文化被世界认可，是从科学界开始的。终有一天，世界文化将纳入大道文化的平台。（详见本书"大

道绝对统一论""大道文化脉络图"谱)

安徽大学孙以楷教授在《老子今读·引言》中说,"作为中国哲学之父,老子哲学在今天依然是沟通中西哲学大津梁,是沟通中国古代哲学与西方现代哲学与后现代哲学的津梁。……应当承认,老子哲学是适合代表中国哲学与西方乃至世界各国哲学对话的哲学。"这里的哲学,完全可以转为文化。哲学是文化之根。(孙以楷《〈老子〉今读》第4页,安徽大学出版社,2013年11月)

这些杂记,谨作为序。

作　者

2023年2月

目 录

自序 …………………………………………………… 1
第一部 "老子之道" ………………………………… 1
  第一篇 "老子九道" ……………………………… 2
  第二篇 老子之道与道家 ………………………… 46
    第一节 老子之道与道家各派 ………………… 46
    第二节 古代新道家 …………………………… 53
    第三节 当代新道家 …………………………… 56
  第三篇 传承、弘扬、发掘老子之道 …………… 66
第二部 当代新道论 ………………………………… 70
    第一节 大道生化论 …………………………… 72
    第二节 大道时空论 …………………………… 88
    第三节 大道绝对统一论 ……………………… 104
    第四节 大道全息原理论 ……………………… 116
    第五节 大道知行同体论 ……………………… 130
第三部 《老子》通解及体悟 ……………………… 158
  附:《老子》脉络图 ……………………………… 235
附一:《老子》注音 ………………………………… 237
附二:《老子》注音说明和难读音 ………………… 269
附三:老子宇宙模型 ………………………………… 286
后记 …………………………………………………… 304

第一部 "老子之道"

老子"九道",根据《老子》八十一章重编。

我们将《老子》称作"老子之道",是为了区别于被道教奉为经典的《道德经》,同时也区别于被丹道家奉为经典的《道德经》。《老子》是周守藏室之史老聃(李耳,楚苦县厉乡曲仁里——今河南鹿邑人)所著。两千多年来,人们对《老子》的理解不一,为其蒙上诸多色彩。我们力图还《老子》原著面目,故用"老子之道"概括,同时也区别于其他道家,诸如"庄子之道""列子之道"。

老子之道,颠覆了当时人们的认知,其意义何其重大!更重要的是揭示了宇宙与万物的本原——阐述了永恒之道。

如今,人们依旧孜孜论证"老子之道"的科学性,"有生于无""道生万物""道法自然"(道自根自本)、"复归无极"(庞加来猜想),为什么?"老子之道",是绝对真知!

第一篇 "老子九道"

按照以下九大内容划入九篇,每篇九章。篇目如下:

恒道、天道、圣道、智道、曲道、治道、兵道、器道、醒道。

一、恒道

恒道,即永恒之道,由老聃首次提出。道家之"道",区别于之前所有的"道。"道家之"道",以时空脉络,分为"恒道"与"非恒道"。恒道,永恒不变,创生万物。庄周继承了老聃之恒道,在非恒道上另有见解,故独成一派。

(一) 恒道的提出

《老子》第一章:道可道,非常道;名可名,非常名。

注:可道之道,不是永恒不变的道。换句话说,永恒之道,不可道。可名之名,不是永恒不变的名。永恒之名不可名,勉强字曰"道"。明言可道之道,实言"不可道之道",即"永恒之道"。(常,恒也——据帛书)

(二) 道生万物

道自根自本,从无生有,生天、生地、生人生万物;道生德养,生而不有,长而不宰;无象之象,无物之物,有精有信。

1. 有生于无

《老子》四十章:天下万物生于有,有生于无(简本作"生于无")。

2. 道生天地

《老子》六章：谷神不死，是谓玄牝。玄牝之门，是谓天地根。绵绵若存，用之不勤。

3. 道生万物

《老子》四十二章：道生一，一生二，二生三，三生万物。万物负阴而抱阳，冲气以为和。

注：

(1) 超弦理论解读"道生一"

在超弦理论看来，宇宙的基本组成不是点状的粒子（一维），而是不停振动的弦（线状二维），通过超弦理论，我们可以知道粒子是由弦的不同震动模式构成的，超弦理论企图将四大基本力（引力、电磁力、强力和弱力）囊括到一个框架里。

超弦理论认为自然界的点粒子分为两类，自旋为半整（奇）数的粒子——费米子和自旋为整数的粒子——玻色子。

弦即为"一"，统一万物的基质；超对称的费米子和波色子是"二"，费米子和波色子成对生成、成对湮灭过程中，最后留存下来的构成物质的三族基本点粒子，即"二生三"。

自然界万物就是由这三族粒子和其超对称伙伴组合成的基本粒子而构成的，即"三生万物"。

(2) 最新量子理论解读"道生一"

以胡孚琛研究员解读创生过程为例：

"道生一"，"一"为信息的"灵子场"；

"一生二"，"二"为信息和能量合一的"虚空能量全息场"；

"二生三"，"三"为信息、能量、物质合一的"量子虚空零点全息场"，宇宙就是由它创生的。

宇宙创生之后，"量子虚空零点全息场"乃至"灵子场"依然存在，即"有"和"无""两重世界"仍然相辅相成、亦此亦彼地存在着。大卫·鲍姆认为，所谓人的感官可以感受的"显在系"和其背后那个超时事的全一性的"暗在系"，即"有"和"无"这两重世界。"灵子场"是宇宙中最根本的"场"，其他"场"都是由"灵子场"衍生而来，"灵子场"和能量结合为"电磁场"，和物质、能量结合为"引力场"。信息和能量产生电磁波，信息和物质、能量产生机械波（物质波）。(摘自中国社会科学院哲学研究所研究员胡孚琛《老子与当代社会·道学文化的新科学观》，第82—92页，张炳玉主编，2008年11月，甘肃人民出版社)

4. 道为神祖

四章：道冲而用之或不盈。渊兮，似万物之宗。挫其锐，解其纷，和其光，同其尘。湛兮，似或存。吾不知谁之子，象帝之先。

注：古时，人们一致认为，天帝，掌控世间万物。老子悟道之后，颠覆了人们的认知，认为天帝为道所生，将神请入万物的行列。

5. 道生德养

五十一章：道生之，德畜之，物形之，势成之。是以万物莫不尊道而贵德。道之尊，德之贵，夫莫之命而常自然。故道生之，德畜之，长之育之，亭之毒之，养之覆之。生而不有，为而不恃，长而不宰，是谓玄德。

6. 道之为物

二十一章：孔德之容，惟道是从。道之为物，惟恍惟惚。惚兮恍兮，其中有象；恍兮惚兮，其中有物；窈兮冥兮，其中有精，其精甚真，其中有信。

(三) 道法自然　周行不殆

《老子》二十五章：有状（物）混成，先天地生。寂兮寥兮，独立（而）不改，周行而不殆，可以为天下母。吾不知其名，强字之曰道，强为之名曰大。大曰逝，逝曰远，远曰反。

故道大，天大，地大，王亦大。域中有四大，而王居其一焉。人法地，地法天，天法道，道法自然。

注：大道（恒道）运行的三大特点：其一，周行不殆，即不停地循环往复。其二，与时空一体。大曰逝，道即时间；逝曰远，道即空间。其三，最终回归。远曰反。

域中四道：恒道、天道、地道、王道。恒道，生万物；天道，天体自然规则；地道，地球物种平衡之理；王道，人类社会法则。

大道法则：人效法地，地效法天，天效法道，道效法自己使然（自根自本）。

（四）大制无割

《老子》二十八章：知其雄，守其雌，为天下溪；为天下溪，常德不离，复归于婴儿。知其白，守其黑，为天下式；为天下式，常德不忒，复归于无极。知其荣，守其辱，为天下谷；为天下谷，常德乃足，复归于朴。朴散则为器，圣人用之，则为官长，故大制无割。

注：世间万象，源自真朴；真朴组成万物，依据同一原理。构成万物之后，需要复守其母，叫抱朴、抱一。圣人深得其理，故为官长。其理曰：大制无割。大道制御天下而没有割裂自然。这是"知与守"中，复归本位所致；知全局，守相对弱势的雌、辱、黑，更易于复归；"复归"的"终"即是"始"的"无极"，并不是循环；而是在消除不了差异的情况下（毕竟雄与雌、荣与辱、白与黑有别），两者采取显隐相依的对待关系。也可反过来说，之所以"知——守"，是本源使然："无极"本来就是阳阴不缺（忒）以生生不息之道；"朴"本来就是"荣辱"补足而敦厚之道，只有圣人能看到这一点。所以"大制无割"是《老子》中辩证统一、显隐相依相化之理，适应《老子》所有章节。

（五）道之功用

1. 动反静复　守弱为用

《老子》四十章：反者道之动，弱者道之用。

注：本章论道之动静和体用。显写道之动，隐写道

之静；显写道之用，隐含道之体。笔者在理解时，补进了两句，见下：

反者道之动，复者道之静（根据十六章"归根曰静"）；

弱者道之用，无者道之体（根据十四章"无状之状，无物之象"）。

补上了两句，意思完整。补上"复者道之静"，反的意思就单一了，即向相反的方向运动（如俗语"道者倒也"）；同时道动的过程得以完整地描述。补上"无者道之体"，体用兼备，更易理解。

2. 物壮则老　是谓不道

《老子》五十五章：物壮则老，谓之不道，不道早已。

3. 御今之有　能知古始

《老子》十四章：执古之道，以御今之有。能知古始，是谓道纪。

(六) 恍惚之道

《老子》十四章：视之不见，名曰夷；听之不闻，名曰希；搏之不得，名曰微。此三者不可致诘，故混而为一。其上不皦，其下不昧，绳绳兮不可名，复归于无物。是谓无状之状，无物之象，是谓恍惚。迎之不见其首，随之不见其后。

注：本章是对道体的具体阐述，从视觉、听觉、触觉三方面分述之后，进行总述：混一、无状、无象、无始无终、无边无际——这是"一"之态。

《老子》四十一章：大白若辱，大方无隅，大器免（晚）成，大音希声，大象无形。

注："十大"皆双关写道。前五大，显写："白方器音象"致极的情景；隐述：道的形成、形体、形象、声音、色彩诸方面。

四十五章：大成若缺，其用不弊；大盈若冲，其用不穷。大直若屈，大巧若拙，大赢若绌（采用帛本）。

注："十大"皆双关写道。后五大，显写："成盈直巧绌"致极的状态；隐写：道之功用展示——因缺而成、因冲而用、曲则全、拙则巧、赢（丰）则绌（不足）。

(七) 道效

《老子》三十五章：势（执）大象，天下往。往而不害，安平太。乐与饵，过客止。道之出言（口），淡乎其无味，视之不足见，听之不足闻，用之不足既。

五十四章：善建者不拔，善抱者不脱，子孙以祭祀不辍。

三十二章：道常无名。朴，虽小，天下莫能臣。侯王若能守之，万物将自宾。

三十七章：道常无为而无不为。侯王若能守之，万物将自化。化而欲作，吾将镇之以无名之朴。镇之于无名之朴，夫亦将不欲。不欲以静，天下将自定（正）。

(八) 道之所

《老子》三十四章："大道泛兮，其可左右……"。

三十二章："……譬道之在天下，犹川谷之于江海。"

注：道无处不在。

(九) 道奥

《老子》六十二章：道者，万物之奥。

注：道是万物之所藏，不弃万物；道之包容性，超乎人们的想象。

二、天道

天道，实为天德。

(一) 天道无私　功成身退

《老子》九章：持而盈之，不如其已；揣而锐之，不可长保。金玉满堂，莫之能守。富贵而骄，自遗其咎。功遂（成）身退，天之道。

七章：天长地久。天地所以能长且久者，以其不自生，故能长生。是以圣人后其身而身先，外其身而身存。非以其无私耶？故能成其私。

注：就天道本身而言，无所谓公与私。而老聃以为，不为自己所生，是常人理解的"无私"，正因这种"无私"，成就了天道的"长生"。但并非"恒生"（永生）。

(二) 天道公正　损余补缺

《老子》三十二章：道常无名。朴，虽小，天下莫能臣。侯王若能守之，万物将自宾。天地相合，以降甘露，民莫之令而自均。

七十七章：天之道，其犹张弓欤？高者抑之，下者举之。有余者损之，不足者补之。天之道，损有余而补不足。

注：就天道本身而言，无所谓公正；就其"自均甘露"、"损有余而补不足"而言，就是人们追求的"公正"。

（三）天道善谋　不争善胜

《老子》七十三章：勇于敢则杀，勇于不敢则活。此两者，或利或害。天之所恶，孰知其故？是以圣人犹难之。天之道，不争而善胜，不言而善应，不召而自来，𢡺然而善谋。

注：就天道本身而言，不存在"善谋"，然而所有发生的一切，又是那样准确无误、丝毫不差。天体的运行，你不会以为背后有一只"手"在操控嘛，如果有，就是"道"。

（四）天道希言　不言善应

《老子》二十三章：希言自然。故飘风不终朝，骤雨不终日。孰为此者？天地。

（五）天道无亲　常与善人

《老子》七十九章：和大怨，必有余怨，安可以为善？是以圣人执左契而不责于人。有德司契，无德司彻。天道无亲，常与善人。

注：《易经·系辞上》："一阴一阳之谓道，继之者善也，成之者性也。"老子所言"常与善人"，即《易

经》之"继之者善也"。

(六) 天道不争　利而不害

《老子》八十一章：信言不美，美言不信；善者不辩，辩者不善；知者不博，博者不知。圣人不积，既以为人己愈有，既以与人己愈多。天之道，利而不害；圣人之道，为而不争。

(七) 天网恢恢　疏而不失

《老子》七十三章：天网恢恢，疏而不失。

注：显言天网广大无边，虽然稀疏，没有漏失。隐言宇宙天体结构：宇宙天体结构如网，有纲、有经、有纬、有结点——天体；其关系看是疏而不密，其"引力"却维护正常运行。

(八) 天地风箱　动而愈出

《老子》五章：天地之间，其犹橐籥乎？虚而不屈，动而愈出。多言（闻）数穷，不如守中。

注：显写，天地之间（宇宙空间）的活动情况；隐写，宇宙结构，如同风箱（皮囊），宇宙有界，且会膨胀（伸缩）。

(九) 天道常和　往复不已

《老子》十六章：夫物芸芸，各复归其根。归根曰静，是谓复命。复命曰常，知常曰明。

五十五章：知和曰常，知常曰明，益生曰祥，心使气曰强。

注：静曰复命，复命曰常；知和曰常，知常才明，

没身不殆。道"周行而不殆",万物遵之,往复不已。

三、圣道

圣道,圣人之道,功成不居,为而不争,利而不害。为圣之道,知常知和,为道日损;修身德真,于物大同,玄同境界,混然一道。圣治之道,虚心实腹,无为自化。

圣人三宝,慈、俭、不争先;圣人见(现)素抱朴(抱一),为天下范式。圣人"欲不欲,不贵难得之货;学不学,复众人之所过",以"辅万物之自然"为己任。

(一)圣人无私成私

1. 圣人不积

《老子》八十一章:圣人不积,既以为人己愈有,既以与人己愈多。

注:圣人无私,因则天道。

2. 以百姓心为心

《老子》四十九章:圣人无常(常无)心,以百姓之心为心。善者吾善之,不善者吾亦善之,德善;信者吾信之,不信者吾亦信之,德信。圣人在天下,歙歙焉;为天下,混其心。百姓皆注其耳目,圣人皆孩之。

注:三宝之一:慈。

3. 不居功

《老子》二章:是以圣人处无为之事,行不言之教。万物作焉而不辞(万物作而不为始),生而不有,为而不恃,功成而弗居。夫唯弗居,是以不去。

注：不居功，功绩将永存。

4. 无私成私

《老子》七章：是以圣人后其身而身先，外其身而身存。非以其无私耶？故能成其私。

注：身后身先，无私成私。此乃天律，并非造作。

《老子》七十七章：天之道，损有余而补不足；人之道则不然，损不足以奉有余。孰能有余以奉天下？唯有道者。是以圣人为而不恃，功成而不处，其不欲见贤。

注：圣人"有余以奉天下"，功成不居，不欲现贤。

(二) 圣人境界

1. 玄同境界

《老子》五十六章：智者不言，言者不智。塞其兑，闭其门；挫其锐，解其纷；和其光，同其尘，是谓玄同。故不可得而亲，不可得而疏；不可得而利，不可得而害；不可得而贵，不可得而贱，故为天下贵。

注：道者最高境界：玄同境界。明言"境界"，实为修法：

- 合拢你的双唇，舌抵上颚，让呼吸柔长而均匀。
- 微闭你的双眼，回转视角，让心灵关注于内体。
- 磨去锐气，没有执着，没有偏激，心静如水。
- 放松，再放松，心无杂念纷扰，一尘不染。
- 混同吧，混同于尘垢，随流飘忽宇宙虚空。
- 调和吧，光和气揉合一体，任柔光照亮，复归其明。

2. 去甚奢泰

《老子》二十九章：夫（故、凡）物或行或随，或歔或吹，或强或羸，或挫（培）或隳（堕）。是以圣人去甚，去奢，去泰。

注：圣人守中，去除极端。

3. 光而不耀

《老子》五十八章：正复为奇，善复为妖。人之迷，其日固久。是以圣人方而不割，廉而不刿，直而不肆，光而不耀。

注：圣人低调，光而不耀。

4. 被褐怀玉

《老子》七十章：是以圣人被褐怀玉。

注：圣人外表：披褐，穿着粗布衣；内心，怀玉。显言怀里兜着玉，隐言心中金玉良言。只有上士方悟得。

5. 抱一范式

《老子》二十二章：是以圣人抱一为天下式。不自见，故明；不自是，故彰；不自伐，故有功；不自矜，故能长。

(三) 不争之德　宽以待人

1. 不争

《老子》六十六章：江海所以能为百谷王者，以其善下之，故能为百谷王。是以圣人欲上民，必以言下之；欲先民，必以身后之；处上而民不重，处前而民不害，是以天下乐推而不厌。以其不争，故天下莫能与之争。

注：欲上民言下之，这是为圣之道之一；也是三宝之一：不争位，不敢为天下先。

《老子》八十章：圣人之道，为而不争。

2. 学不学　欲不欲

《老子》六十四章：是以圣人欲不欲，不贵难得之货；学不学，复众人之所过，以辅万物之自然而不敢为。

注："欲不欲，学不学"，这是为圣之道之一。不争利、不争名。

3. 不留余怨

《老子》七十九章：和大怨，必有余怨，安可以为善？是以圣人执左契而不责于人。有德司契，无德司彻。

4. 救人救物

《老子》二十七章：是以圣人常善救人，故无弃人；常善救物，故无弃物。

注：圣人待人宽容，善于人尽其财、物尽其用。

(四) 为大于细　慎终如始

《老子》六十三章：是以圣人终不为大，故能成其大。夫轻诺必寡信，多易必多难。是以圣人犹难之，故终无难矣。

《老子》六十四章：是以圣人无为故无败，无执故

15

无失。民之从事，常于几成而败之。慎终如始，则无败事。

第二章：是以圣人处无为之事，行不言之教。

(五) 圣治之道　虚心实腹

《老子》三章：是以圣人之治：虚其心，实其腹，弱其志，强其骨。

十二章：五色令人目盲；五音令人耳聋；五味令人口爽；驰骋畋猎，令人心发狂；难得之货令人行妨。是以圣人为腹不为目，故去彼取此。

注：圣人不刻意追求，喜欢脚踏实地，循自然而发展。

四十九章：圣人无常心，以百姓心为心。善者吾善之，不善者吾亦善之，德善；信者吾信之，不信者吾亦信之，德信。圣人在天下，歙歙焉为天下浑其心；百姓皆注其耳目，圣人皆孩之。

注："圣人无常心"，没有恒久不变的心。

五章：天地不仁，以万物为刍狗。圣人不仁，以百姓为刍狗。

八十章：小邦寡民。使有什伯之器而不用，使民重死而不远徙。虽有舟舆，无所乘之；虽有甲兵，无所陈之。使人复结绳而用之。甘其食，美其服，安其居，乐其俗。邻国相望，鸡犬之声相闻，民至老死不相往来。

说明："邦"原文为"国"，因讳刘邦（见帛书甲本），现改回。邦是管理区域，不是行政国家。首句大意:"管理区域要小,居民要少。"

附:

十七章:太上,下知有之;其次,亲而誉之;其次,畏之;其次,侮之。信不足焉,有不信焉。悠兮,其贵言。功成事遂,百姓皆谓:"我自然"。

注:治理国家政府行为四层次。

《老子》二十六章:重为轻根,静为躁君。是以君子终日行不离辎重,虽有荣观,燕处超然。奈何万乘之主,而以身轻天下?轻则失根,躁则失君。

注:重轻、躁静对举;"以身轻天下",将自己的身体轻率地行于天下(并非言"生命重,天下轻")。作为国君,要稳重,不能轻率;要宁静,不能躁动。隐言有为,很不安全。轻则失权位,重则失生命。

十三章:宠辱若惊,贵大患若身。何谓宠辱若惊?宠为下,得之若惊,失之若惊,是谓宠辱若惊。何谓贵大患若身?吾所以有大患者,为吾有身,及吾无身,吾有何患?故贵为身于为天下(取帛书),若可寄天下;爱以身为天下,若可托天下。

说明:"故贵为身于为天下,若可寄天下",原文为"故贵以身为天下,若可寄天下",简本、帛书甲乙本皆作"故贵为身于为天下,若可寄天下",从之。"为身",治身也;身国一理,更合文意。

七十八章:天下莫柔弱于水,而攻坚强者莫之能胜,以其无以易之。弱之胜强,柔之胜刚,天下莫不知，莫能行。是以圣人云："受邦之垢，是谓社稷主；受邦不祥，是为天下王。"正言若反。

说明："邦"原文为"国"，因讳刘邦，现据帛书甲本改回。

（六）大制无割

《老子》二十八章：知其雄，守其雌，为天下溪。为天下溪，常德不离，复归于婴儿。知其白，守其黑，为天下式。为天下式，常德不忒，复归于无极。知其荣，守其辱，为天下谷，为天下谷，常德乃足，复归于朴。朴散则为器，圣人用之，则为官长，故大制无割。

（七）圣人三宝

《老子》六十七章：天下皆谓我道大，似不肖。夫唯大，故似不肖。若肖久矣，其细也夫！我有三宝，持而保之。一曰慈，二曰俭，三曰不敢为天下先。慈故能勇；俭故能广；不敢为天下先，故能成器长。今舍慈且勇，舍俭且广，舍后且先，死矣。夫慈，以战则胜，以守则固；天将救之，以慈卫之。

（八）自爱不自贵

《老子》七十二章：是以圣人自知不自见，自爱不自贵。故去彼取此。

注：圣人自知，所以自爱；圣人不自贵，所以不自现。

（九）致虚守静　知和知常

《老子》十六章：致虚极，守静笃，万物并作，吾以观复。夫物芸芸，各复归其根。归根曰静，是谓复命。复命曰常，知常曰明。不知常，妄作凶。知常容，容乃公，公乃全，全乃天，天乃道，道乃久，没身不殆。

第一章：故常无欲，以观其妙；常有欲，以观其徼。

五十四章：善建者不拔，善抱者不脱，子孙以祭祀不辍。修之于身，其德乃真；修之于家，其德乃余；修之于乡，其德乃长；修之于邦，其德乃丰；修之于天下，其德乃普。故以身观身，以家观家，以乡观乡，以邦观邦，以天下观天下。吾何以知天下然哉？以此。

四十七章：是以圣人不行而知，不见而名，不为而成。

注：圣人处事之道之一——终不为大。圣人成功的秘诀：把握了道的规律，不出门，知天下；不看天，知天道；不刻意追求，能成事。

附：

《老子》十章：载营魄抱一，能无离乎？专气致柔，能婴儿乎？涤除玄览，能无疵乎？爱民治国，能无为乎？天门开阖，能无雌乎？明白四达，能无智乎？

四、智道

《老子》中，智有两种含义：一是智慧之意，如"知人者智"；"智者不言，言者不智"。二是智巧心机的意思，如"使乎智者不敢为""明白四达，能无智

19

乎"。智道，取前意，智慧之道。不仅是对道的认知，同时行也在其中，故谓智。认知过程，是觉醒的过程，其中有"修"，修是"行"，也是觉醒；认知过程，知行融一。认知大道，自我觉醒，自我拯救，拯救人类！充满灵性，深得智慧，这就是智道。

（一）智道之门

《老子》一章：道可道，非常道；名可名，非常名。无名万物（天地）之始；有名万物之母。故常无欲以观其妙；常有欲以观其徼。此两者，同出而异名，同谓之玄，玄之又玄，众妙之门。

注：道分恒道和非恒道，知悟得恒道（永恒之道），出于非恒道；行从非恒道入，复守其母，终无风险。无欲观妙，致虚守静，塞兑闭门，恍恍惚惚；有欲观形，夫物芸芸，回复虚静，物象精信。从有到无，从无到有；来回往复，妙门自开。

（二）知行规律

1. 知常知和

《老子》十六章：致虚极，守静笃。万物并作，吾以观复。夫物芸芸，各复归其根。归根曰静，是谓复命。复命曰常，知常曰明。不知常，妄作凶。知常容，容乃公，公乃全，全乃天，天乃道，道乃久，没身不殆。

五十五章：（赤子）终日号而不嗄，和之至也。知和曰常，知常曰明，益生曰祥，心使气曰强。

注：知常知和，知自然规律，构和谐社会。知常心

明，知和智明。如何知常？致虚，守静，一极一笃。如何致虚？如何守静？如何至极？如何至笃？全凭心悟。悟有何据？请观万物，归根曰静。如何知和？复归婴儿。知中有"行"，亦观亦守。

2. 知美知丑

《老子》二章：天下皆知美之为美，斯恶已；皆知善之为善，斯不善已。故有无相生，难易相成，长短相形（盈），高下相倾，音声相和，前后相随。

注：此章明言相对事物，隐言知之次序：先知美，后知丑；先知善，后知恶；先知有，后知无……只知有，不知无，"知病"也。

3. 知殊知普

《老子》五十四章：故以身观身，以家观家，以乡观乡，以邦观邦，以天下观天下。吾何以知天下然哉？以此。

注：知个别，推一般。

4. 知今知古

《老子》十四章：执古之道，以御今之有。能知古始，是谓道纪。

5. 知父知子

《老子》二十一章：自古及今，其名不去，以曰众甫。吾何以知众甫之状哉？以此。（甫，父也）

6. 知有知无

《老子》十一章：三十辐共一毂，当其无，有车之用。埏埴以为器，当其无，有器之用。凿户牖以为室，当其无，有室之用。故有之以为利，无之以为用。

7. 知生知死

《老子》五十章：出生入死。生之徒，十有三；死之徒，十有三；人之生，动之于死地，亦十有三。夫何故？以其生生之厚。盖闻善摄生者，陆行不遇兕虎，入军不被甲兵。兕无所投其角，虎无所措其爪，兵无所容其刃。夫何故？以其无死地焉。

8. 知足知止

《老子》四十四章：故知足不辱，知止不殆，可以长久。

(三) 知行无割

《老子》二十八章：知其雄，守其雌，为天下溪；为天下溪，常德不离，复归于婴儿。知其白，（守其黑，为天下式；为天下式，常德不忒，复归于无极。知其荣，）守其辱，为天下谷；为天下谷，常德乃足，复归于朴。朴散则为器，圣人用之，则为官长，故大制无（不）割。

注：知行无割是典型的辩证思维，用逻辑思维无法解释。知行一体，具体地说明了这种思维模式的完整性。雄雌、黑白、荣辱不仅是对立的，同时也是统一的、相对的，且可以相互转化的。它们同出一源，有一个共同的东西，只要把握住了这一共同点，且没身不殆。如，雄强与柔弱是同出一体，如果雄强是山峰，柔

弱便是溪谷；雄强是从婴儿出发的，你能复归婴儿，你就避免了淘汰与死亡——这就是行为的要诀。又如，黑与白同出一源，它们始于无极；知晓明亮，能处暗淡，回复无极，便明事物发展规律，懂得处世哲理。再如，荣与辱同出一源，处其辱，荣辱不惊，何事不成？

五十四章：修之于身，其德乃真；修之于家，其德乃余；修之于乡，其德乃长；修之于邦，其德乃丰；修之于天下，其德乃普。故以身观身，以家观家，以乡观乡，以邦观邦，以天下观天下。吾何以知天下然哉？以此。

注：本章言修中知，知中行；行中知，知天下。

十章：载营魄抱一，能无离乎？专气致柔，能婴儿乎？涤除玄览，能无疵乎？爱民治国，能无为乎？天门开阖，能无雌乎？明白四达，能无知乎？

注：知自身：神魄无离，气和如婴，内观返照。行无为，为民为国；守清静，雌柔应对；直面社会，以朴相待。

(四) 修真玄同

《老子》五十四章：修之于身，其德乃真……

五十六章：塞其兑，闭其门；挫其锐，解其纷；和其光，同其尘，是谓玄同。故不可得而亲，不可得而疏；不可得而利，不可得而害；不可得而贵，不可得而贱，故为天下贵。

注：明言玄同境界，隐言修为之法：明言修为结

果，隐言"抱朴""抱一"之为。

（五）为学而知　为道而行

《老子》四十八章：为学日益，为道日损。损之又损，以至于无为，无为而无不为。取天下常以无事，及其有事，不足以取天下。

注：为学，从母至子，纷繁冗杂，取其益；为道，复守其母，削冗剪繁，故曰损。损之又损与玄之又玄，参照体悟：玄之又玄，"知"入门；损之又损，"行"入道。入门知"有无"，入道为"无为"。

（六）有知行道　无知好径

《老子》五十三章：使我介然有知，行于大道，唯施是畏。大道甚夷，而人好径。朝甚除，田甚芜，仓甚虚。服文采，带利剑，厌饮食，财货有余，是谓盗夸。非道也哉！

注：明言有知，行大道，唯畏迤（出偏）；隐言无知，好小径、当盗夸。

七十章：吾言甚易知，甚易行。天下莫能知，莫能行。言有宗，事有君。夫唯无知，是以不我知。知我者希，则我者贵。是以圣人被褐怀玉。

注：有知，莫能行，并非得真知；勤而行之（循道而行）谓真知。圣人容貌不扬，心中金玉良言；因为无知，所以不知圣者用心良苦，更难行道了。

七十八章：弱之胜强，柔之胜刚，天下莫不知，莫能行。

注：明言，"莫不知，莫能行"；隐言，无真知，不能行。

（七）知病当治　所以不病

《老子》七十一章：知不知，上；不知（不）知，病。夫唯病病，是以不病。圣人不病，以其病病，是以不病。

注：知病不治，无法深知。何谓"知病"？没有认识到自己还有很多不知道的；同时，没有将"知病"当作病——这就是认知中产生的"病"。

（八）人生智诀　知足知止

《老子》三十三章：知人者智，自知者明。胜人者有力，自胜者强。知足者富，强行者有志。不失其所者久，死而不亡者寿。

注：不自知，容易患"知病"，认知受阻；不知人，容易误判断，行为艰难。自知而知人生，立志强行；知足无贪欲，行而正道；知本性不迷失，终身无殆；行无私，死而不亡！

四十四章：故知足不辱，知止不殆，可以长久。

四十六章：罪莫大于可欲，祸莫大于不知足，咎莫大于欲得。故知足之足，常足矣。

（九）知行要妙　贵师爱资

《老子》二十七章：善行，无辙迹；善言，无瑕谪；善数，不用筹策；善闭，无关楗而不可开；善结，无绳约而不可解。是以圣人常善救人，故无弃人；常善救物，故无弃物。是谓袭明。故善人者，不善人之师；不善人者，善人之资。不贵其师，不爱其资，虽智大迷，是谓要妙。

注：知行要妙，贵师爱资；知"五善"，即五道，善救人，善救物；贵善人，爱不善，智而不"迷"，"行"而无惑。此处善者，行家也。

五、曲道

曲道，或曰全道；源自曲则全。曲，《说文解字》："象器曲受物之形"，与"道者，万物之奥"相近。道包容万物，大制无割。

道揭示的真理：相对的事物，总是统一一体，不可分割。

（一）有无相生

《老子》二章：天下皆知美之为美，斯恶已；皆知善之为善，斯不善已。故有无相生，难易相成，长短相较（形），高下相倾（盈），音声相和，前后相随。是以圣人处无为之事，行不言之教。万物作焉而不辞（万物作而不为始），生而不有，为而不恃，功成而弗居。夫唯弗居，是以不去。

注：明言相对事物，美丑善恶，有无相生，相互转化；隐言知之次序，先知美，后知丑（详见智篇）。

（二）祸福相倚

《老子》五十八章：祸兮，福之所倚；福兮，祸之所伏。孰知其极？其无正也。正复为奇，善复为妖。人之迷，其日固久。

注：祸福相倚，作为成语，家喻户晓。谁能知道它们的终极？发人深省。正善复为，人迷日久。

(三) 曲则全者

《老子》二十二章：曲则全，枉则直，洼则盈，敝则新，少则得，多则惑。是以圣人抱一为天下式。不自见，故明；不自是，故彰；不自伐，故有功；不自矜，故能长。夫唯不争，故天下莫能与之争。古之所谓"曲则全"者，岂虚言哉？诚全而归之。

注："曲则全"是古语，也是真理。宇宙几乎由"曲"构成，星球的外形，星球运行的轨道；就连单向驰行的时间，随着空间的扭曲，也成为"曲"了；爱因斯坦在《广义相对论》中认为，直行的光线在星球"引力场"中也发生了弯曲，实为时空弯曲。

(四) 盛极必衰　物壮则老

《老子》三十六章：将欲歙之，必固张之；将欲弱之，必固强之；将欲废之，必固兴之；将欲取之，必固与之。是谓微明。柔弱胜刚强。鱼不可脱于渊，国之利器不可以示人。

注：四条微妙精深的预见规律：收敛之前张扬，衰弱之前强盛，废除之前兴举，取得之前给予。有人理解为"阴谋"，实属误解；有人说是"阳谋"，也许接近。

三十章：物壮则老，谓之不道，不道早已。

注：事物过分壮大就会衰老，因为不合道，不合道

就会很快衰亡。

(五) 弱强柔刚

《老子》七十六章：人之生也柔弱，其死也坚强。草木之生也柔脆，其死也枯槁。故坚强者死之徒，柔弱者生之徒。是以兵强则不胜，木强则折。坚强处下，柔弱处上。

注：柔弱充满生机，物之枯槁为僵硬。

五十二章：见小曰明，守柔曰强。用其光，复归其明，无遗身殃，是谓袭常。

注：守柔曰强，真正的强大，是在柔弱的时候坚持下来，得以发展。合抱之木，强在"毫末"。

《老子》七十八章：天下莫柔弱于水，而攻坚强者莫之能胜，以其无以易之。弱之胜强，柔之胜刚，天下莫不知，莫能行。

注：水是柔弱的典型，攻坚强无可替代；岂不发人深省？

(六) 无之为用

《老子》十一章：三十辐共一毂，当其无，有车之用。埏埴以为器，当其无，有器之用。凿户牖以为室，当其无，有室之用。故有之以为利，无之以为用。

注：本章是论空间。实则阐明深刻的哲理。人们所能见的物体，正因为看不见的"无"，才能发挥作用。宇宙空间也是同理，人们忽略的东西，正是它起着重要作用。

（七）信言不美　甚爱大费

《老子》八十一章：信言不美，美言不信；善者不辩，辩者不善；知者不博，博者不知。

注：正言反说。明言哲理，隐言，多做少说，呼应为道日损。

四十四章：名与身孰亲？身与货孰多？得与亡孰病？甚爱必大费，多藏必厚亡。

注：过分的吝惜，必招致更大的破费；丰厚的储藏，必定造成严重的损失。

（八）贱为贵本　损之而益

《老子》三十九章：贵以贱为本，高以下为基。

注：贵贱同出一源，贵由贱化生。

四十二章：人之所恶，唯孤、寡、不谷，而王公以为称。故物或损之而益，或益之而损。

注：为何"损之而益，或益之而损"？没有顺其自然。

（九）正言若反

1. 大成若缺

《老子》四十五章：大成若缺，其用不弊；大盈若冲，其用不穷。大直若屈，大巧若拙，大赢若绌（用帛书版本）。

注：缺而成，冲而盈，直若屈，巧若拙，赢若绌——这是大道告诉我们的道理：相对相生相化。

2. 明道若昧

四十一章：故建言有之：明道若昧，进道若退，夷道若纇。上德若谷，广德若不足，建德若媮，质真若渝。大白若辱，大方无隅，大器免（晚）成，大音希声，大象无形。道隐无名。

注：明暗、进退、平夷——哪为正？哪为反？上德广，建德真——果真如此？皎皎者易污，大方看不到边角，没有经过制作就存在了，大音没有回响，无形之大象——大道之象也。对于大道的描述，表述用正言反说，理解用辩证思维。

3. 邦垢君主

《老子》七十八章：是以圣人云："受邦之垢，是谓社稷主；受邦不祥，是为天下王。"正言若反。

注："承受全国的屈辱，才能成为国家的君主；承受全国的灾祸，才能成为国家的君王。"为什么？只有这种表述，才能全面地表达整体。

六、治道

无以治身，何以治国？治国之道，如同治身。故云身国同理。正道者何？合道也。顺应自然，构建和谐。

（一）以正治国　其民淳淳

《老子》五十七章：以正治国，以奇用兵，以无事取天下。吾何以知其然哉？以此：天下多忌讳，而民弥贫；人多利器，国家滋昏；人多伎巧，奇物滋起；法令滋彰，盗贼多有。

注：以正治国，正者，正道也。奇者，奇异也。无事，无为也。天下有为，邪事怪事增多。

（二）为之未有　治于未乱

《老子》六十四章：其安易持，其未兆易谋，其脆易泮，其微易散。为之于未有，治之于未乱。

注："治之于未乱"，《皇帝内经》："治未病"，身国同理。

（三）如烹小鲜　无为而治

《老子》六十章：治大国若烹小鲜。以道莅天下，其鬼不神。非其鬼不神，其神不伤人；非其神不伤人，圣人亦不伤人。夫两不相伤，故德交归焉。

注：本章为国家领导人引用。无为管理大国，大国治。道临天下，小人不作乱，圣人不伤民，两德交归于民，国治民安。

五十八章：其政闷闷，其民淳淳；其政察察，其民缺缺。

注：以道治国，人民淳朴。

（四）虚心实腹　无知无欲

《老子》三章：不尚贤，使民不争；不贵难得之货，使民不为盗；不见可欲，使民心不乱。是以圣人之治：虚其心，实其腹，弱其志，强其骨；常使民无知无欲，使夫智者不敢为也；为无为，则无不治。

注："为无为"告诉我们，无为是一种作为。何谓无为？通常译作"顺应自然而为"；李约瑟译作"禁止反自然行为"。纵观全文，并非如此简单，同样句式有：事无事、味无味、行无行——如果用一个模式翻译，肯

定不妥。不仅如此,"不言之教,无为之益,天下希及之",在这里,无为又和"不言"连在了一起(自然还有希言、贵言)。再看上文,"治大国若烹小鲜"(不乱翻动);"损之又损,以致于无为","动作"少也是无为。还有,"无有入无间",那些看不见却又确实存在的行为也是无为。本章的"无智"也是无为;无为最终和"无不为"连在了一起,彻底消除了"不作为"的念头。总之,认知"无为",从自然开始,遍及社会,落实到个人。

虚心、实腹、弱志、强骨,是自然行为——也是无为,他们没有妄为。

(五)无欲自朴 无为自化

1. 不欲以静 天下自定

三十七章:道常无为而无不为。侯王若能守之,万物将自化。化而欲作,吾将镇之以无名之朴。镇之于无名之朴,夫亦将不欲。不欲以静,天下将自定(正)。

注:无为,顺应自然、没有人为意志的行为;无不为,就没有什么事情不是它所为。

自醒是悟道之本,自化是无为之根。化而欲作(有反弹,私欲膨胀),仍然以道镇之,为什么说"镇"?说明了道的威力。欲灭人欲,或叫禁欲,禁不了,灭不掉,因为那是天性。然而,私欲膨胀,却是人为。根本之法是自觉淡化私欲。

2. 无欲自朴　无为自化

《老子》五十七章：故圣人云：我无为，而民自化；我好静，而民自正；我无事，而民自富；我无欲，而民自朴。

注：本章对"无为"进行了详细注释。以正治国，正者，正道也。好静、无事、无欲皆无为也；圣人无为，人民自朴、自正、自富、自化。

3. 悠兮贵言　百姓自治

十七章：太上，下（不）知有之；其次，亲而誉之；其次，畏之；其次，侮之。信不足焉，有不信焉。悠兮，其贵言。功成事遂，百姓皆谓："我自然"。

注：本章言管理的几个层次。以"无为"为上。一是道统社会，人民自醒，实现自我管理，自我成功；统治者悠闲自在，"为无为"，人民仅知道他的存在而已（若是上古，还真不知其存在）。二是德治，统治者以身作则，和人民打成一片；上下同心同德。三是法治，法令森严，人民畏惧。四是人治，朝令暮改，人民辱骂、怨声载道。

"百姓皆谓我自然"，老百姓都说，我们自己就是这样做的呀。自然，两个词，自己使然。

4. 减其税赋　去除有为

《老子》七十五章：民之饥，以其上食税之多，是以饥。民之难治，以其上之有为，是以难治。民之轻死，以其上求生之厚，是以轻死。夫唯无以生为者，是

33

贤于贵生。

注：官员养生太过，搜刮民财过多，人民对生活无望；国家税收太重，人民食不果腹；朝令暮改，政出多门——这是地方难以治理的原因。隐言：官员廉洁、减税减负、施行无为是求治之本。

5. 其政闷闷，其民淳淳

《老子》五十八章：其政闷闷，其民淳淳；其政察察，其民缺缺。

注：政治宽厚，施行无为，人民淳朴；政治苛刻，人民就狡黠。

（六）非智治国　国之福德

六十五章：古之善为道者，非以明民，将以愚之。民之难治，以其智多。故以智治国，国之贼；不以智治国，国之福。知此两者亦稽式。常知稽式，是谓玄德。玄德深矣，远矣，与物反矣，然后乃至大顺。

注：本章论非智治国。以智治理国家，人民也以智应对，伤德；国德是让人民质朴，上下顺畅，社会和谐。

（七）天下神器　不可示人

《老子》二十九章：将欲取天下而为之，吾见其不得已。天下神器，不可为也，为者败之，执者失之。

注：想要取得天下，并想任意作为，我看是做不到的。天下是神圣的器物，是不能任意作为的。任意作为就要失败，想要把持就要丢失。隐言，用有为的方法治理天下，是不会成功的。

三十六章：鱼不可脱于渊，国之利器不可以示人。

注：大鱼生存不能离开深渊，国家的利器不可以轻易示于人。

(八) 治人事天　积德早备

《老子》五十九章：治人事天莫若啬。夫唯啬，是谓早备。早备谓之重积德，重积德则无不克。无不克则莫知其极，莫知其极，可以有国。有国之母，可以长久。是谓深根固柢，长生久视之道。

注：重积德就是早作准备，以种庄稼为比喻（啬，穑，种庄稼）。种庄稼，谋事在人，成事在天；管理也一样。种庄稼要"深根固柢"，"长生久视"指养生；为身（治身）治国同理。

(九) 人尽其才　物尽其用

《老子》二十七章：是以圣人常善救人，故无弃人；常善救物，故无弃物。是谓袭明。

注：圣人之治，因循"大制无割"，故人可尽其才，物可尽其用，天下顺而大治。

附：

八十章：小邦寡民。使有什伯之器而不用，使民重死而不远徙。虽有舟舆，无所乘之；虽有甲兵，无所陈之。使人复结绳而用之。甘其食，美其服，安其居，乐其俗。邻邦相望，鸡犬之声相闻，民至老死不相往来。

说明："邦"原文为"国"，因讳刘邦，现据帛书甲本改回。邦是管理区域，不是行政国家。首句文意；

"管理区域要小,居民要少"。

七、兵道

用兵是不得已之事,恬淡为上。

(一) 为客退待

《老子》六十九章:用兵有言:吾不敢为主,而为客;不敢进寸,而退尺。是谓行无行,攘无臂,扔无敌,执无兵。祸莫大于轻敌,轻敌几丧吾宝。故抗兵相若,哀者胜矣。

注:行无行,相当于"为无为"。

(二) 以奇用兵

《老子》五十七章:以正治国,以奇用兵,以无事取天下。

(三) 不怒不与

《老子》六十八章:善为士者,不武;善战者,不怒;善胜敌者,不与;善用人者,为之下。是谓不争之德,是谓用人之力,是谓配天古之极也。

(四) 不以兵强

《老子》三十章:以道佐人主者,不以兵强天下,其事好还。师之所处,荆棘生焉。大军之后,必有凶年。善有果而已,不敢以取强。果而勿矜,果而勿伐,果而勿骄,果而不得已,果而勿强。物壮则老,是谓不道,不道早已。

(五) 不得已用

《老子》三十一章:夫(佳)兵者,不祥之器,物或恶之，故有道者不处。君子居则贵左，用兵则贵右。兵者，不祥之器，非君子之器，不得已而用之，恬淡为上。胜而不美，而美之者，是乐杀人。夫乐杀人者，则不可以得志于天下矣。故吉事尚左，凶事尚右。偏将军居左，上将军居右。言以丧礼处之。杀人之众，以悲哀泣之，战胜，以丧礼处之。

（六）有道无兵

《老子》四十六章：天下有道，却走马以粪；天下无道，戎马生于郊。罪莫大于可欲，祸莫大于不知足，咎莫大于欲得。

注：显言，无道而战，有道无兵；隐言，贪欲不除，战争不止。

（七）欲取固与

《老子》三十六章：将欲歙之，必固张之；将欲弱之，必固强之；将欲废之，必固兴之；将欲取之，必固与之。是谓微明。

注：显言，自然规律；隐言，洞察力。

（八）勇敢而杀

《老子》七十三章：勇于敢则杀，勇于不敢则活。此两者，或利或害。天之所恶，孰知其故？

注：显言，勇敢与生死；隐言，天理之深邃。

（九）各得所欲

《老子》六十一章：大邦者下流，天下之交也。天下之牝，牝常以静胜牡，以静为下。故大邦以下小邦，则取小邦；小邦以下大邦，则取大邦。故或下以取，或下而取。大邦不过欲兼畜人，小邦不过欲入事人。夫两者各得其所欲，大者宜为下。

八、器道

器道，即为人处事之道。朴散则为器，器由朴构成。"治人事天，莫若啬"，同样适用于本篇。

（一）圣人三宝　世人则之

《老子》六十七章：天下皆谓我道大，似不肖。夫唯大，故似不肖。若肖，久矣其细也夫！我有三宝，持而保之。一曰慈，二曰俭，三曰不敢为天下先。慈，故能勇；俭，故能广；不敢为天下先，故能成器长。今舍慈且勇，舍俭且广，舍后且先，死矣。夫慈，以战则胜，以守则固；天将救之，以慈卫之。

注：慈俭不争先，老子三德；另有善与信（见四十九章）。"慈"有别于"仁"，慈爱是一种母爱，无须任何回报。慈柔不可战胜，因为天卫之（天将救之，以慈卫之）。

（二）知足知止

《老子》四十四章：故知足不辱，知止不殆，可以长久。

四十六章：罪莫大于可欲，祸莫大于不知足，咎莫大于欲得。故知足之足，常足矣。

注：只有知足，方可知止，没有危险。"知足之足，常足矣"，只有知足，才是真正的满足。与四十四

章相照应。

(三) 宠辱不惊

《老子》十三章：宠辱若惊，贵大患若身。何谓宠辱若惊？宠为下，得之若惊，失之若惊，是谓宠辱惊。何谓贵大患若身？吾所以有大患者，为吾有身，及吾无身，吾有何患？

注：受宠令人惊恐，失宠更令人惊恐。为什么？修身不足。

我之所以会有大祸患，是因为我有这个身体；如果我没有这个身体，我还有什么祸患呢？明言身体是祸患之载体（源）。隐言，我"无身"（"无我"），亦无患。如何不给身体留下祸患？为身，即治身，达到"宠辱不惊""无我"的境界。

(四) 事无事

《老子》六十三章：为无为，事无事，味无味。大小多少，报怨以德。

注：处事，以"无为"为原则。治身（恬淡生活）、处事（事无事）、治国（无为）同理。以德报怨怨自消，不滋事；大事化小，多事渐少。

(五) 不自现　不自伐

《老子》二十四章：企者不立，跨者不行。自见者不明，自是者不彰，自伐者无功，自矜者不长。其在道也，曰：余食赘行。物或恶之，故有道者不处。

注：企与跨，自见、自是、自伐、自矜皆是多余的

行为，虽美则无用，余肴也。

（六）无以生为

《老子》七十五章：夫唯无以生为者，是贤于贵生。

注：没有将厚养作为人生目标的人，他们为民而思、心系人民，比起"生生之厚"者，贤能！

（七）珞珞若石

《老子》三十九章：故至誉无誉。是故不欲琭琭如玉，珞珞如石。

三十八章：前识者，道之华而愚只始。是以大丈夫处其厚，不居其薄；处其实，不居其华。故去彼取此。

注：成大事秘法之一：脚踏实地，不图虚华。

（八）图难其易　为大其细

《老子》六十三章：图难于其易，为大于其细。天下难事必作于易，天下大事必作于细。

注：成大事秘法之二：从细小做起，先易后难。

（九）慎终如始，则无败事

《老子》六十四章：民之从事，常于几成而败之。慎终如始，则无败事。

注：成大事秘法之三：始终如一，持之以恒。

九、醒道

醒道，即事道过程。包括：识道、知道、悟道、明道、行道、遵道、守道、入道、同道、弘道；不含"知行同体"，知行同体单列"智道"。

知道而行道，自我觉醒，自我拯救，拯救人类。

(一) 闻道勤行

《老子》四十一章：上士闻道，勤而行之；中士闻道，若存若亡；下士闻道，大笑之。不笑不足以为道。故建言有之：明道若昧，进道若退，夷道若类。上德若谷，广德若不足，建德若媮，质真若渝。

注：上士、下士、中士是以对道的认知度标准来划分的。人与人的区别，即认知的区别。上士心中有道，就会行之——知行一体。"建言"明写道之品质：明暗无割、进退无割、平岖无割；隐写行道之人所达到的品质境界；上德不言德，广德觉不足，建德示范例。

(二) 同道得道

《老子》二十三章：故从事于道者，(道者) 同于道，德者同于德，失者同于失。同于道者，道亦乐得之；同于德者，德亦乐得之；同于失者，失亦乐得之。信不足焉，有不信焉。

注：道不远人。只要你事道，道就与你同在。

(三) 万物得道

《老子》三十九章：昔之得一者：天得一以清；地得一以宁；神得一以灵；谷得一以盈；万物得一以生；侯王得一以为天下贞。其致之也：谓天无以清，将恐裂；地无以宁，将恐废；神无以灵，将恐歇；谷无以盈，将恐竭；万物无以生，将恐灭；侯王无以贞 (正)，将恐蹶。

注：本章论"一"的作用 (道的作用)。道、德、

一，它们之间是什么关系？很多注释，"一"指道。一是道所生（道生一），人们是从"一"才开始认知"道"的。德是万物从道中吸纳的部分，也可称为"道"，比如"天德"可称为天道（此时，道和德是相通的）。

"一"被万物吸纳万物生（有了道、有了德）；失去"一"（失去道、失去德），万物灭。在这个意义上讲，道、德、一是相通的。

（四）世人得道

《老子》十五章：古之善为道（士）者，微妙玄通，深不可识。夫唯不可识，故强为之容：豫兮若冬涉川，犹兮若畏四邻，俨兮其若客，涣兮其若冰释，敦兮其若朴，旷兮其若谷，混兮其若浊。孰能浊以静之徐清？孰能安以（久）动之徐生？保此道者不欲盈，夫唯不盈，故能蔽而新成。

注：本章写为道者，与二十章圣人境界可互为补充，理解得道之人。得道的人具有七种品质：谨慎、警戒、庄重、洒脱、虚怀、质朴、浑厚；同时具备两种能力：动荡中安静清醒，久安中激发生机。

附：得道圣人

二十章：唯之与阿，相去几何？美（善）之与恶，相去若何？人之所畏，不可不畏。荒兮，其未央哉！众人熙熙，如享太牢，如春登台。我独泊兮，其未兆，如婴儿之未孩；儽儽兮，若无所归。众人皆有余，而我独若遗。我愚人之心也哉！沌沌兮！俗人昭昭，我独昏昏。俗人察察，我独闷闷。澹兮，其若海；飂兮，若无止。众人皆有以，而我独顽且鄙。我独异于人，而贵食母。

注：圣人与众人的区别，圣人是理性之人，生活中没有多余的行为；当你悟道为道之后，你会发现过去的很多行为很可笑。圣人独异于人，是因为"损之又损"。

(五) 可贵之道

《老子》六十二章：道者，万物之奥，善人之宝，不善人之所保。美言可以市，尊行可以加人。人之不善，何弃之有？故立天子，置三公。虽有拱璧以先驷马，不如坐进此道。古之所以贵此道者何？不曰：求以得，有罪以免邪！故为天下贵。

注：道最可贵的是，它是万物所"藏"（庇荫），谁都需要它。只要你有"求"于它，必有所得。

(六) 道之衍化

《老子》三十八章：上德不德，是以有德；下德不失德，是以无德。上德无为而无以（不）为；下德为之（无为）而有以为。上仁为之而无以为；上义为之而有以为；上礼为之而莫之应，则攘臂而扔之。故失道而后德，失德而后仁，失仁而后义，失义而后礼。夫礼者，忠信之薄而乱之首。

十八章：大道废，有仁义；（慧智出，有大伪；）六亲不和，有孝慈；国家昏乱，有忠臣。

注：社会乱象，皆因失道失德。

(七)非道无道

《老子》五十三章：大道甚夷，而人好径。朝甚除，田甚芜，仓甚虚。服文采，带利剑，好饮食，财货有余，是谓盗夸。非道也哉！

二十四章：自见者不明，自是者不彰，自伐者无功，自矜者不长。其在道也，曰：余食赘行。物或恶之，故有道者不处。

四十六章：天下有道，却走马以粪；天下无道，戎马生于郊。

注：非道、无道，一因不知"道"，二因知而不行。真正悟道者，知行同体。知而不行，如同不知。

(八)道不可代

《老子》七十四章：民不畏死，奈何以死惧之？若使民常畏死，而为奇者，吾得执而杀之，孰敢？常有司杀者杀，夫代司杀者杀，是谓代大匠斲（斲）。夫代大匠斫斲（斲）者，希有不伤其手矣。

注：任何手段都无法取代"道"。

(九)有道社会

《老子》八十章：小国寡民。使有什伯之器而不用，使民重死而不远徙。虽有舟舆，无所乘之；虽有甲兵，无所陈之。使民复结绳而用之。甘其食，美其服，安其居，乐其俗。邻国相望，鸡犬之声相闻，民至老死不相往来。

注：本章描述悟道行道后的社会空间。小邦寡民，

指管理区域小（并非国度、行政区域），居民分布少。人们高度觉醒，"民重死"，生活高质量，喜欢宁静自然；"甲兵无所陈"，没有战争，军队消亡。人们复归淳朴的生活，没有复杂的计算。"食、服、居、俗"的描述，洋溢和谐美好高品质的自由生活。鸡鸣、狗吠充耳，人们不见往来；生命素质提升，没有疾病，慢慢老去，直享天年，回归大道。

附：九德

恒德：常德乃足，复归于朴。见原二十八章，入智道篇知行无割章。

玄德：玄德无私，生而不有。见原十章、五十一章，入智道篇、恒道篇。

上德：上德不显，去华存实。见原三十八章，入自醒篇道之衍化章。

孔德：孔德之容，唯道是从。见原二十一章，入恒道篇。

厚德：厚德天佑，犹如赤子。见原五十五章，入智道篇。

广德：广德惠国，世代弘昌。见原四十五章、五十四章，入曲道篇、智道篇。

天德：天德无私，损余补缺。入天道篇。

国德：道莅天下，百姓得福。入治道篇。

圣德：圣德无常，为而不争。入圣道篇。

第二篇　老子之道与道家

道家创始人老聃。据《史记》记载：姓李，名耳。人称老子。唯一著作《老子》（《道德经》），也称《五千文》。

第一节　老子之道与道家各派

一、道家与老聃之道

(一) 道家

何谓道家？道家以"道"为核心，提出道生万物，主张道法自然。道家，是一个特异的文化流派。创始人李耳，创立大道理论，并没有自称道家。而是后人将其定名为道家，并与儒、墨并列，成为中华古代文化三大流派。

道家学术的发展，大致经历了五个阶段：

一是先秦老庄道学，二是秦汉的黄老道学，三是魏晋时期的玄学，四是隋唐的重玄学（实属道教哲学理论），五是宋元及以后的内丹（丹道）生命学。

根据这个脉络，人们将道学归纳为三大内容：一是道家，二是道教，三是丹道。

我们会发现，道家从老聃始，越走越远，偏离了初衷。于是，正本清源老聃之道（老子之道），是当下研究道学的首要任务。

(二) 老子之道

老子不是为创立道家而写《老子》，是因写《老子》而被推为道家创始人。他是第一个全面系统地提出大道理论之人。而"老子之道"决非仅"大道理论"。大道理论是老子之道的基础理论。作者将"老子之道"归纳为"九道"，每一道都凝聚着老子的智慧。

老子立足高远，思想超前，境界崇高，提出了人类终极理论，由于当时的政治和社会原因，老子之道并没有得到正常的传承和宏扬，更没有得到深度发掘。原聚集在道家旗下的学派，不断分裂，分为法家，分为名家；后庄周继承老子之恒道，并称老庄。同时也给老子之道带来许多误解，诸如逍遥、出世；毫无疑问，道教会选用《道德经》作为教典，与庄周的引导不无关系。

时过2000多年，从道学到玄学，从道家到道教，再从道教到丹道；源源不断的注释，多为文字之功。"老子之道"实质内容只留有诸多朝代的学者注释。而"老子之道"强调的"知行同体"（这是笔者研究新发现）"知行融一"，在现实中已成空谈。如此一来，导致《老子》名实的脱离，为解决这一历史问题，只有还原"老子之道"。

笔者发现"知行同体"论后，觉得传承弘扬发掘老子之道，刻不容缓！"老子之道"不是宗教文化，亦非养生专著，更不是成仙的丹道。它是自我觉醒、拯救人类的中华文化精萃,是构建自由美好和谐的人类社会的文化瑰宝,是人类文化大同的平台。

(三)杨朱之道

在诸子百家中,以儒、道、法、墨影响最大。其中儒、墨又并称为显学。孟子曰:"杨朱、墨翟之言盈天下,天下之人不归杨,则归墨。"可见,战国时期显学有三:儒家、杨家和墨家。在焚书坑儒中,杨朱学派的著作全部焚毁,仅在《孟子》《韩非子》《吕氏春秋》《列子》中有所提及。从杨子的主要言论可见其思想:

杨子的核心思想是"贵生""重己"。主张"不以外物伤其身"。尤其典型并成为成语的是"一毛不拔"。他说:"拔一毛而利天下,不与也;奉天下与一身,不取也。人人不拔一毛,人人不利天下,天下治矣。"

杨子极其爱惜自己的身体和生命。极度自私,杨子还告诫弟子:"行善不为名,而名从之;名不于利期,而利归之;利不于争期,而争及之;争不于祸期,而祸至之。故君子莫为善。"他为其"自私"阐释了理论根据。

之所以提及杨朱,主要与老聃无私思想和高尚境界形成鲜明的对比。历史已经告诉我们,什么是正道?什么才是社会发展的动力?怎样才能构建和谐社会?美好生活靠什么赢得?人人一毛不拔,个个自贵其身,社会如何和谐快速发展?

二、老子嫡传

老子弟子不多，通常以为，关尹子为老子弟子，关尹子学生列子，亦为老子真传，文子也是老子弟子。

关尹子，尹喜，周朝大夫、大将军，曾为关令，相传老子出函谷关时，关尹拜老子为师。为先秦诸子百家重要道家流派，人称贵清派。《关尹子》九篇，即后世的文始经。尹喜后辞官隐居，在道教中地位很高。

列子，名御寇，正传道家。是介于老子与庄子之间道家学派承前启后的重要传承人物，其学于黄帝老子，人称贵虚学派。东汉班固《汉书·艺文志》"道家"部分录有《列子》八卷，早佚（失传）。今本《列子》八卷，经后人考证为伪本。

文子也是老子的弟子，与孔子同时（有学者认为，孔子先于老子，这是不成立的），著《文子》（《通玄真经》）一书。文子学道早通，后游学到齐国，彭蒙、田骈、慎到、环渊等拜其为师，形成齐国的黄老之学（人称黄老学之祖）。其传老子恒道，后隐居，文子之道兼融仁义礼思想，后传与墨子，其后被道教学派所遵从。

班固在《汉书·艺文志》里边直截了当地说："道家者流，盖出于史官。"道家这个思想流派，他是史官出身。他总结历史的经验教训。老子，史官；太史儋，史官。《老子》问世后，道家学派形成。是先秦最庞大的文化学派。

《吕氏春秋·不二》亦说："老聃贵柔，关尹贵清，子列子贵虚。"可见老聃、关尹、列子之间确有传承关系。"柔、清、虚"应该说是正统道家所追求的难以分割的趋同境界。用现今的观点观察，遗憾的是关尹归入道教，列子著作失传。

　　道家的传承轨迹已清晰可辨了。自老子提出完整的道家理论之后，除了其弟子之外，在先秦发挥老子思想的还有柏矩、庚桑楚、阳子居、太史儋、庄子一系；此外另有稷下学者慎到、田骈、接子、环渊为核心的黄老之学。道家在其演进过程中，逐渐形成了两大主流。正如清人魏源所说："有黄老之学，有老庄之学。"

　　而"老子之道"没有独立的一脉传承。

三、老庄之学与黄老之学

　　先秦，老子并无独立称呼，多以黄老联称。后庄周汇入道家，以老庄并称。

　　（一）黄老并称

　　黄老学派，即黄帝和老子的联称。起于稷下学宫。后曹参以黄老术辅佐汉文帝，开创了汉初的"文景之治"，马王堆汉墓出土帛书《黄帝四经》，即为黄帝之学的经典。

　　道家在发展过程中，先后出现了两个各自独立的派别，而不是一个统一派别的分化。秦汉之际，虽还不曾有正统道家与黄老道家的区分，但以司马谈父子为代表的汉初人所尊奉的主要是黄老道家，从而有意无意地忽略了庄子。魏晋以后，又不提黄老了，而以老庄道家作为道家的正宗。

(二) 老庄并称

老庄即老子和庄子的联称，魏晋以后，学术界以老庄道家作为道家的正宗。认为老子、庄子同一派，这是一种误解。春秋战国时期，只有老子学派、庄子学派，老庄没有直接的传承关系。老子与庄子都从未自称为"道家"，只有儒家自称为儒，墨家自称为墨。儒墨两家各有自己一派的传承关系。汉代司马谈《论大家要旨》第一次提出"道家"名称，诸子列儒、墨、阴阳、名、法、道六家。

老子与庄子虽然并称，但存在诸多不同：

1. 老子之道主在表征天地万物之本始，庄子之道主在表征天地万物之本性。

2. 老子之道以没有意志、没有具体属性为特征，是一个无为无形相混成之"物"（无）；庄于之道以没有分界、没有差别为特征，是一个齐一无际的同一之物。（见王德友《道旨论》，第217页，1987年9月，齐鲁书社出版）

3. 实际上，他们最大的不同在于非恒道：老子主张无私成私，身外身存；而庄子主张保存自身。

4. 老子主张玄同境界，老子被迫隐退；庄子主张个性自由，逍遥自在，不愿为官，自愿隐居。故庄子思想为后来的道教形成奠定了思想基础。

5. 老子主张"致虚""守静"，庄子提出了"心斋"（心学）。

他们最大的共同点在于，对恒道的感悟是一致的。笔者认为庄子对老子大道的贡献主要有两点：一是老子的"道法自然"，庄子表述为道"自本自根"（通俗简洁、易于理解）；二是庄子认为"物物者非物也"，即生成物的肯定不是物，这对我们理解老子的"道生一……三生万物"很有帮助。

(三) 稷下学宫

稷下学宫在历史上名气颇盛，不得不提。黄老之学可分为两支：一支为南方的荆楚学派，一支为北方的齐国稷下学派。稷下黄老学派的兴起，是因为齐田氏为了图谋霸业，延揽天下贤士为其提供治国平天下的谋略，齐桓公田午创建了规模宏大的稷下学宫，一时各派学者云集，稷下成为百家荟萃的中心。稷下先生不任职却待遇优厚，高门大屋尊宠之。他们为田氏政权谋略策划。据《史记》记载，这一派的学者有慎到、田骈、接子、环渊诸人。（注：齐桓公田午并非春秋五霸齐桓公。）

慎到在批判继承老子学说和早期法家思想的基础上，以道诊法，提出了道法统一论。既主张权重位尊事断于法，又主张"臣事事君无事"。由于慎到不仅重势任法，而且强调礼法的一致性，这就有别于商鞅一派的法家了。他与田骈、环渊等人所创立的稷下黄老学派，对战国中后期的思想文化乃至秦汉的学术思想影响很大。

四、丹道

如今道学论著,将传统道家、道教和丹道三大内容合称为中国道学。

丹道,即内丹生命哲学。生命哲学,哲学本体论的思辨转为纯粹的心性修炼和心理体验,是庄子心学的发展,将修道成仙作为道家正途,治国正天下乃是次之。

宋代之后,儒学发展为以"理学"为显学,道学衍为内丹学,成为修炼学。道家修炼也融入儒士,从宋开始一直到明清。宋周敦颐将道家的无极图改为太极图,朱熹苦心做《周易参同契考异》,清代王夫之曾自号"一壶道人",可见道学对儒士的影响是很大的。同时也说明,道学的开放性和包容性。

不管怎么说,丹道并非老子正道。老子之道是人类社会之正道,是人类主流文化之正源。

第二节 古代新道家

新道家,随着时代的变化,其内涵也有本质的不同。所以,我们将古代新道家和当代新道家分开论述。

一、玄学和黄老新道家

秦汉、魏晋新道家,起初人们用它来指代秦汉时期的黄老道家和魏晋玄学,但因为不如玄学和黄老那样准确明白,所以逐渐被人们抛弃,不称新道家。

"秦汉新道家"代称"黄老之学",因为与传统道家有别,用"新"来命名能更明确地反映道家的发展。但有些学者持不同意见。

魏晋新道家,指魏晋玄学。魏晋玄学是由没有受过系统儒家经学教育的青年学者兴起,其中以王弼、何晏为代表。因二人未脱儒学观念,对老庄著作有曲解。陆希声指责,"王、何失老氏之道,而流于虚无放诞,皆老氏之罪人"。此时玄学以清谈误国而告失败,最终被隋唐后期的重玄学所替代。

此时期,葛洪的《抱朴子》对道家养生有重大的发展。魏晋玄学被称作道家学术史上的"新道家",是因为此学派对道家思想的传承发生了根本的变化。

(一) 黄老之学(见上"黄老并称")

(二) 魏晋玄学

大凡言中国学术思想或哲学史者,对魏晋人的"清谈"与"玄学",皆列为中国文化演变的主题。

关于"玄谈"兴起的背景,多数认为由于政治环境与思想风气所形成,大都忽略两汉、魏晋以来朝野社会倾向求仙的风气。汉末、魏晋时期,上至帝王宫廷与士族巨室,下至贩夫走卒,由于世家宿信仙人的观念,已相沿成习。

当时时衰世乱,佛教还未有规模,求仙成为知识分子的趋往。与其说"玄学"的兴起,由于哲学思潮的刺激,毋宁说是魏晋知识分子对于神仙之道追求的反激。

东晋范宁常谓"王弼、何晏之罪,深于桀纣"。其实,"玄学"或"玄谈"的兴起,一概归之王弼、何晏,未免过分,乃不明其思想渊源之所本。

但自"玄谈"兴盛,使道家论神仙丹道的学术,在思想上更有理论的根据与发挥,为后来道教的形成奠定了哲学基础。

(三) 重玄学与道教

隋唐的重玄学。

这一时期,佛学渐成,道释融汇,道学主要以道教形式出现,道教成为国家上层建筑的组成部分,道家理论转而道教继承,道家思想则是通过注释《老子》《庄子》经典来实现,所谓重玄,重即重复之意,重玄论者主张"有无""双遣",将魏晋玄学导入道教心理学之路,为后来的内丹学奠定了理论基础。代表人物成玄英。其著作有《道德经开题序诀义疏》《道德真经义疏》《〈道德经〉注》《庄子疏》,等等。使"重玄"之道成为唐朝初年道教哲学思想的一大主流,推动道教哲理及道教修炼思想的升华。

然而,其忽视了"老子之道"。也可以说将老子之道引入旁道。

二、古代道家 ("近道家")

近道家,不是道家,但接受并运用道家思想。历史上大都以道家称之。笔者称为"近道家"。根据胡孚琛教授《道学通论》所提及道家各界人士列于下:

(一) 道家科学家

墨翟、张衡、葛洪、孙思邈、祖冲之、华佗、贾思

55

缌、沈括、宋应星等。

（二）为帝王师者道家

姜子牙、张子房、陈平、诸葛亮、徐世勣、李靖、魏征、李泌、刘伯温等。

（三）燕楚超然隐遇者

鬼谷子、吴大伯、宁武子、黄石公、石门、接舆、溧溺、荷条丈人，商山四皓、河上公、郑朴、严尊、严光、孙登、郭文举等人；鬼谷子教苏秦、张仪、孙膑；黄石公教张良等人。

（四）成为宗教领袖者

张道陵、陆修静、王重阳、丘处机、王常月等。张道陵于四川开创天师道，王重阳创立全真道，丘处机振兴龙门派，为中国社会伦理作出了贡献。

（五）修道而达仙人境界者

魏伯阳、张伯端、张三丰、路西星、钟离权、吕洞宾等。他们对人体潜能进行开发，获得了超常的心灵体验，这种现象是自然存在的特异功能者，史书多有记载，留下了许多修炼养生的珍贵方法。太极拳、八段锦、五禽戏等。

第三节　当代新道家

一、当代新道家的提出

当代新道家，是由董光璧先生在《当代新道家》一文中首先提出的，在他的文章中，新道家指的是那些受道家思想启发作出卓越贡献的科学家。列举物理学家、科学史家汤川秀树、李约瑟、卡普拉为"当代新道家"。认为三人的新科学世界观和新文化观的哲学基础早已蕴含在道家思想中，三人自觉不自觉地塑造了当代新道家的形象。（董光璧《当代新道家》，北京华夏出版社，1991年1月版）

什么是当代新道家？董光璧先生认为，这样的一些学者就是当代新道家：他们揭示出正在兴起的新科学观向道家基本思想归复的某些特征，倡导东西方文化融合创建一个科学文化与人文文化平衡的新的世界文化模式。

赵卫东先生在《当代新道家的理论定位》（本文刊于《杭州师范学院学报》2004年第6期）文中说："首先，当代新道家必须是道家。也就是说，当代新道家必须信仰道家文化，即使不信仰也应该对道家文化怀有同情的理解，否则，就不能算是当代新道家。其次，要正确认识道家的人生态度与社会作用。道家一向秉持一种柔弱、谦下、无为的人生态度和起着治疗学意义的社会作用，但近来一些提倡当代新道家的学者，为了突显道家思想的人生价值与社会作用，试图把道家改造为一种"强者的哲学"。胡孚琛研究员说："有人从老子有关'自然''无欲''柔弱''处下''清静''为腹不为目'等言语，误解老子的哲学是弱者的哲学，无所作为的哲学；认为纯任自然则不利于发挥人的主观能动性；谦下退让则压抑了人的创造性和进取心。"（说明：此观点有争议，笔者以为，哲学不分强者哲学和弱者哲学。）第三，要对当代新道家在未来世界文化中的地位进行合理定位。

作为较早提倡当代新道家的学者之一，胡孚琛研究员认同"21世纪的世界文化，必然以'多元并存，相互融汇'为基本特征"，但在此基础上，他更强调"世界文化的一体化"，并坚信道学文化将成为"人类在21世纪唯一可行的文化战略"。胡孚琛研究员说："道的学说体现了人类文明的最高智慧，是中华民族最伟大的文化资源，也必将成为世界文明相互交融的凝聚点。道学既为中国文化之根基，又为嫁接外来文化之砧木，还是世界各种异质文化的交汇点。道的学说使道学文化具有最高的超越性和最大的包容性。这种最大的包容性，使道学不仅包容进中国诸子百家思想的精华，而且还可以融汇进东西方异质文化中的优秀思想。"（此观点亦有争议，笔者认为，胡孚琛研究员对道学文化的定位是正确的，不被理解，是不是因为超前了一点。）

二、三位当代新道家

董光璧研究员在《当代新道家》中介绍的三位新道家，分别是：李约瑟、汤川秀树、卡普拉。

（一）李约瑟

作为一个西方化环境中成长起来的生物学家，他是怎样成为当代新道家的呢？

李约瑟（1900年12月—1995年3月），英国近代生物化学家、科学技术史专家。1922年、1924年先后获英国剑桥大学学士、哲学博士学位。李约瑟晚年把自己描述为一个名誉道家，董光壁先生将他称作当代新道家先驱。

1942—1946年在中国，其所著《中国的科学与文明》（《中国科学技术史》）对现代中西文化交流影响深远。

李约瑟关于中国科技停滞的思考，即著名的"李约瑟难题"，引发了世界各界的关注和讨论。其对中国文化、科技做出了极为重要的研究，被中国媒体称为"中国人民的老朋友"。

李约瑟把自己的哲学归纳为三点：一是人类社会的进化一直是逐渐的，但真正的增长在人类关于自然的知识和对外在世界的控制方面；二是这个科学是一个终级的价值，它的应用形成不同文明的今天的统一；三是沿着这个进步过程，人类社会朝着更大的统一，更复杂和更有机的方向发展。日本学者中山茂称他为有机哲学家。

李约瑟在他的著作中反复强调道家思想对中国古代科技的作用。道家思想对世界的作用，可以将西方陷入机械唯物论和唯科技主义的深渊中拉回来。

（二）汤川秀树

汤川秀树（1907年1月—1981年9月），日本著名物理学家，毕业于京都帝国大学（现京都大学）和大阪帝国大学（现大阪大学）。历任京都帝国大学、东京帝国大学（现东京大学）教授。1948年，赴美国任哥伦比亚大学教授。1949年，因在核力的理论基础上预言了介子的存在，时任京都大学教授的汤川秀树获得当年的诺贝尔物理学奖。1955年返回日本。他从电磁理论得到启发，于1935年发表了关于核子力的"介子理论"。他也是第一个获得诺贝尔奖的日本人。

1949—1953年，汤川秀树在美国普林斯顿高级研究院，哥伦比亚大学任客座教授。1953年，汤川回自己母校物理研究所（日本政府创办）任所长。一直工作到生命终结。

老庄思想从小装在他的头脑中。成名之后，对过去的回忆总是由于某些触动，究竟是什么也不确定。他认为，他的成就与道家思想有关。作为成熟的科学家，他对科学发展的过去、现在、未来都作过负责任的思考。

（三）卡普拉

卡普拉，1938年出生于奥地利的维也纳，1966年从维也纳大学获博士学位后，到法国巴黎大学作了两年理论物理学博士后研究。1968年，他转到美国加州大学圣大克鲁斯分校从事粒子物理学研究。1970年以后的四年多的时间里，他到英国伦敦帝国学院，在这里，由于他的新物理学范式不被理解，他在十分困难的条件下从事研究，发现现代物理学的世界观同东方古代思想相类似，出版了《物理学之道》。他把现代物理和东方古代思想相似的思想发展为东西方文化平衡的世界文化模式。

他在《物理学之道》结尾写道：我深信，现代物理学所暗示的世界观与我们现代的社会不一致，我们现代社会没有反映我们在自然中所观察到的那种和谐关系，要实现这样一种动力学平衡状态，必须有一种不同的社会的和经济的社会结构，要进行一场真正意义的世界文化革命。我们整个文明的生存可能依赖于我们是否能使这种变化发生。

卡普拉构造他的世界文化模式的指导原理，是基于道家的基本哲学观点，按照他的理解：道作为基本的实在，是一个运动和变化的过程，我们所观察到的现象都像这个宇宙的实在，并且是内在的、动态的。自然界的一切发展，都显现出循环模式，这种图式的基本结构是阴阳图式，道的一切显示都产生自阴阳两极的相互作用，没有一个事物是纯阴或纯阳的。自然秩序就是阴阳之间的动态平衡的显现。

卡普拉按照他对道的理解讨论当代世界文化。必须强调的是，他把现代物理和东方古代思想相似的思想发展为东西方文化平衡的世界文化模式。

(详见董光璧《当代新道家》)

三、用科学解道的当代科学家（学者）

上文三位当代新道家都有他们独树一帜的对道的理解。下面再列举几位当代国内科学家。

（一）钱学森——将物理学与道学相联系

钱学森，1980年6月4日，访问了《自然杂志》。他从开发人的潜能的角度表示支持人体特异功能的研究。他说："一项新的科学研究，在刚提出的时候，总是有人反对，带头的人也总是要受到反对，因此要有勇气，要挺住腰板。"在谈话中，他首次提出了"人体科学"这个概念。指示在北京成立了人体特异功能研究学会，并且还当了主席，写了《人体科学与现代科学纵横谈》《论人体科学》《创建人体科学》等专著。

钱学森断言：气功、中医理论和人体特异功能，不是神秘的，而是同现代科学技术最前沿的发展密切相关的，因而它们本身就是科学技术的重大研究课题（钱学森：《开展人体科学的基础研究》）。

在随后召开的人体科学筹委会第三次会议上，钱学森作了题为《这孕育着新的科学革命吗？》的报告，他指出："我想真正吸引着我们沿这条曲折而又艰险道路去探索的是：这可能导致一场21世纪的新的科学革命，也许是比20世纪初的量子力学、相对论更大的科学革命。"

老子为什么能窥见大道的行踪？靠的是什么？就是人体科学。那时，现代科学还未诞生，可他能亲自体验宇宙的深远，其方法已超越现代科学的。

（二）胡孚琛——"灵子场"解"道生一"

胡孚琛，现为中国社会科学院研究生院哲学系教授，博士生导师，专门从事道家与道教文化的研究和教学。《道学通论》（社会科学文献出版社，2004年6月版），是当代道学权威专著，影响甚大。胡孚琛研究员解"道生一"，更有特色：

"道生一"，"一"为信息的"灵子场"；"一生二"，"二"为信息和能量合一的"虚空能量全息场"；"二生三"，"三"为信息、能量、物质合一的"量子虚空零点全息场"，宇宙就是由它创生的。宇宙创生之后，"量子虚空零点全息场"乃至"灵子场"依然存在，即"有和"无""两重世界"仍然相辅相成、亦此亦彼地存在着。（详见上文"恒道"）

（三）姜祖桐——大道即"夷弦"

姜祖桐著有《〈道德经〉新诠释》，从物理学角度解读《老子》，认识宇宙的起源；从心理学角度诠释《老子》，认知道之奥妙。姜祖桐先生认为：

弦量子是已被量子力学和相对论力学证明的东西，不是假设。无限红移的弦量子飞离宇宙之后，就是原始自然界中能够缔造宇宙的本原。

这个结论和老子定义的"大道"完全一致。用量子论的量子化能量来理解，量子化能量就是"弦量子"；用相对论时空变异性来理解，时空元素就是弦量子。因此，我们也可以把老子定义的大道称为"夷弦"。

证明宇宙最小单元是弦量子后，就可以用现代物理学语言对"夷弦"的几何形体进行描述。夷弦有阴阳两种实在本体；其中，阳性夷弦是一根"凸起"的实体弦线，在原始自然界占有实时空；阴性夷弦是一根"空穴"状虚体弦线，在原始自然界占有虚时空。因它们都以非常高的速度飞行，故在原始自然界还占有动态时空。

姜祖桐"夷弦"，并非道。道不占用时空。可理解为道生之"一"。

中国科学院自然科学史研究员董光璧为其书作序：

姜祖桐先生把现代物理学的"弦"概念和中国老子的"大道"联系在一起，定义"大道"（夷弦）为宇宙本原，用平衡公理和守恒公理相结合的方法，以道本原反演命题为纲领，推导出大道（夷弦）生成的各类事物道本原，介绍了五种虚空谷神"无"的结构和功能，向我们展示了这样一个宇宙演化大样。其逻辑有以下特点：

一是在科学中一直起重要作用的形式逻辑有其局限性，需待辩证思维作为一种逻辑上的补充，以形成两者互补的一种新逻辑体系。

二是姜先生对于中国传统文化科学价值的一种直觉，他从中国古老的先秦"三易"和《道德经》中领悟到建立新科学逻辑体系的某种线索。认为辩证思维是一种能够描述质变运动的先验逻辑。

三是姜先生构造他的理论的方式，它不是单一的形式逻辑守恒公理论，而是把辩证逻辑的平衡公理作为处于"立法"地位的模型论。

(四)许抗生——当代新道家思想构建

许抗生,北京大学哲学系教授。曾担任过中国哲学史教研室主任、《中国哲学史》杂志副主编、中国哲学史学会理事等职。出版的著作(与道相关的)主要有《帛书老子注译与研究》《老子与道家》《中国的法家》《先秦名家研究》《老子与中国的佛、道思想简论》和主编《魏晋玄学史》《中国传统道德·教育修养卷》等。其新道家论述,极为精辟。他对新道家有专门论述。作者花费十多年时间进行构造与阐释,建立起了一个当代新道家的思想体系,并撰写成《当代新道家》一书。书中论述了老子的基本思想和拯救中华礼义文明的危机,当代新道家思想的构建,当代新道家的德论和人性论,当代新道家的伦理价值观,当代新道家修养论与人生境界论和代新道家的理想社会——"自由王国"与世界大同。

(五)徐鸿儒——道即"零物质"

徐鸿儒先生发表文章:《零物质论——论老庄哲学中"道"的物理意义》。他认为,老子大道就是现代科学认定的零物质。(该文发表于《中国文化》,2005年,22期第15—22页)。

他认为,按照目前的技术手段,还无法检测到零物质,所以我们只能用比较和逻辑推理的方法来推知零物质的存在。得出结论,老庄之"道"是零物质。

结合零物质理论，他认为：道处于静态就是零物质；零物质被激发，也就是动的开始，道就成为"一"，一是道动的起始态。

道即"零物质"一旦被确认，道与"一"相混的现状也就结束。

三、当代新道家的拓展

当今介入用科学解释道学的专家、学者，都是新道家。

后来，胡孚琛、许抗生、孔令宏等人把新道家的概念进行拓展，认为一切从事道家道教研究的专家学者都是新道家；宫哲兵先生进一步扩大了新道家的内涵，他认为凡是认同道、继承道家传统、在新条件下建立新体系并使之得到运用的人，都可称为新道家。

我们将这批学者称为近道家可能更合理。作为道家，他们并不通晓恒道理论；他们接受道家思想，贴近道家。

还有民间人士认为，凡是愿意按自己的天性生活，也不反对别人按自己的天性生活的现代人，都是新道家。实际上，这些只是近道者。

第三篇　传承、弘扬、发掘老子之道

老子之道，是道家独立体系，杨朱、尹喜、列子、黄帝、慎到、庄周，他们都是正统"道家"；然而都不是老聃（子）之道的正传。如此说原因有三：

一是在理论方面对"道"有深研，但在实践方面有偏差。于是老子感叹："吾言甚易知，甚易行，天下莫能知，莫能行。""则我者贵。"可见在当时领悟"老子之道"的人不多。

二是注重恒道，忽略非恒道。后来的道家，全部精力都在深研老子的恒道，探究宇宙本原；对老子所悟的非恒道，按照自己的意愿加以理解。如此，并非老子真传。

三是那些对道悟透者都自成一派，或法家，或名家，取其一端而发展，并非沿老聃正道传承。

传承、弘扬老子文化意义重大：

其一，发现并信仰自然真理；其二，发现并遵行社会规律；其三，创造并启迪思维逻辑（大道思维）；其四，设计并创建理想社会；其五，构建并推广人类文化平台。

胡孚琛研究员说："道家文化具有最高的超越性和最大的包容性，它不仅包容进中国诸子百家的精华，而且还可以融汇东西方异质文化中各种最优秀思想。……全世界自然科学、社会科学、哲学、宗教等多种领域的学者将不断从道学的智慧中得到启发，总有一天，会对以上论断产生共识。"（胡孚琛《道学通论》第65页，2004年6月，社会科学文献出版社）

老子之道，传承什么？弘扬什么？发掘什么？将在下文分述。

一、传承老子之道

（一）道生万物　天人同构

创生论（生成论）的本质是万物同源，因为同源，所以同构，因为同构，于是同性（全息相通）。

（二）人体体验　知行同体

当代已公认人体体验是一门科学，人体科学帮助你认知，决非现代科学。于是认知就有了两条途径，科学（指现代科学）认知，人体认知。知行同体便是通过两条途径获得。（详见"知行同体论"）

（三）身国一理　无为而治

"为之未有，治之未乱。""贵为身为天下。""为无为，无不治。"（详见"治道"）

二、弘扬老子之道

（一）自醒自律　外褐内圣

老聃通过人体体验认知了大道，他发现万物具有自醒自律规律，当然源自自生自构的道性；事物不是观其外表（表象），而是要看内在（本质），如同圣人，穿着粗布衣，怀中却有玉。

（二）身外身存　无私成私

老聃从天道中悟出，苍天因为不为自己生存所以能长生，即无私成私；所以人要有所成就，就必须具备无私品格。推之，合道之人，将自身置之度外，这是保存自己的最好方法。这是一种境界，也是理性的选择。

（三）见素抱朴　少私寡欲

返归本原，因循自然；去甚、去泰、去奢。清心寡欲，为道日损。

三、发掘（发展）老子之道

（一）大道全息　多维思维

宇宙全息源自大道全息原理，全息为辩证思维注入生机，思维从点线面展开，故称多维思维，即老聃的全思维（从一点信息源，全面展开，而后沿线条漫射，由这些线条组成的立体。详见"大道全息论"）。

（二）绝对统一　道统百道

大道静则相对，动则相化；相对是变化的、动态的，唯有统一不变，故称绝对统一。大道有着封闭的统一，同时也有一个开放的统一。大道封闭的统一是由道家来支配；大道开放的统一则由全人类来完成。于是，大道的开放平台成为世界唯一的大文化平台，囊括了全世界所有文化精华（详见"大道绝对统一论"）。

（三）与时俱进　科道共荣

道生科学，科学解道。即所谓"既得其母，以知其子；既知其子，复守其母"。以飞速发展的现代科学了解、阐释"大道"之理，以大道的哲理指导科学的良性发展。

第二部　当代新道论

当代新道论相对于现代道论（四论）而提出。老子道论，是宇宙人类产生、生存、发展的终极理论。"恒道"不因时间历久而改变属性，其宇宙万物创生论是永恒的。但是，由于时代的发展，人类的认知也在飞跃，于是道论也在不断地拓展。这既说明大道理论的博大精深，也说明大道理论永不过时，它都紧紧溶于时代。当代新道论，是对老子道论的当下解读。

当代新道论区别于现代四道论。现代四道论：道实论、生成论、循环论、无为论（详见"附文"）。随着历史发展和科学发现，道论内涵不断丰富，新道论应运而生。

笔者研究《老子》多年，发现道学理论除了蕴含上述四论外，另有"新四论"意义更为深远，"新四论"：大道宇宙时空论、大道绝对统一论、大道全息原理论、大道知行同体论。当代新道论是老子大道理论的新发现，又是现代科学与传统文化精粹的融合。

对于现代道论的"生成论"，进一步探究，推衍出"生化论"，这样当代新道论具五论。

胡孚琛研究员认为，中华文明绵延不绝的奥秘在于传统的道家文化，道家文化在新世纪要发扬光大，须走综合创新之道。

一、当代新道论的产生

1. 当代新道论应运而生，是因为科学的介入，科学论证了大道的存在；科学观测到了道生万物的具体过程。

2. 大道为科学之母，科学全息理论，彰显了大道全息原理；反过来证实大道全息原理。

3. 在精读践行《老子》的过程中发现了大道知行同体论，从而完善了老子之道的本质内涵（"用"之实质）。

二、当代新道论的意义

当代新道论，浅显地解读了《老子》深邃的思想内涵。

1. 将朦胧的创生说（生成论）赋予科学解，使之具体明确化，人们真实地感受到大道的存在，这是当代新道论《生化论》给我们带来的裨益。

2. 全息原理论将大道隐含的全息观点显化，大道将成为了解宇宙万物的总纲。

3. 大道时空论，指明时空为道所生，指出时空中隐含的能量（时空不仅是平台，也不仅是中介），万物源自时空，这与马克思主义的唯物论相一致。

4. 大道知行同体论，是对老子之道关于认知、行为"玄门"的通俗解读；同时传承了老子正道。

5. 绝对统一论，将"老子"作为人类大文化的统一平台，这是传统元典文化精粹的格局，展示了中华的文化自信。

6.《老子》为人类的自醒指明了方向，新道论为人本的发现做出了努力，社会践行老子之道，将使人类走向良性发展的康庄大道。

第一节 大道生化论

大道生化论是当代新道论之一，是现代道论"生成论"的延伸。

本书"大道"，特指老子之道。大道生化论包含三个分论：一是大道创生论；二是大道恒生论；三是大道衍生论。

一、大道创生论

大道创生论即"有生于无"。

用现代科学解析大道，从中领会大道是万物之母，也是科学之父；说明大道"能蔽不新成"，同时又"能蔽而新成"（十五章）；"蔽不新成"——大道仍是古始的大道；"蔽而新成"——大道的内涵已是全新的概念。从科学的解读中，明白认知大道意义重大，说明传统文化《老子》蕴含了最高深的恒常理论，永不过时。

大道创生论和恒生论统称生成论。

生成论是老子现代道论四论（道实论、生成论、循环论、无为论）之一。（详见"附文·道学现代四论"），这里主要阐述科学之解。

(一) 万物生于无

《老子》四十章："天下万物生于有，有生于无。"

传统解释为，万物生于有形之物，有形之物生于无形之物。科学的解读——

(1) 宇宙物质创生说

希格斯正在证实的"有生于无"。

希格斯机制假定存在着一种称为希格斯场的标量场遍布于宇宙。希格斯场的存在会促使自发对称性破缺，从而造成不同粒子、不同作用力彼此之间的差异。借着与希格斯场耦合，某些原本没有质量的粒子可以获得能量，根据质能关系式，这就等于获得质量。粒子与希格斯场耦合越强，则粒子的质量越大。这就是"有生于无"。

(2) 超弦理论解读"有生于无"

物理界遇到难题，科学家对四种基本力（引力、强力、弱力和电磁力）无法统一，尤其是引力无法纳入统一框架，对此感到困扰和纠结。超弦 M 理论解决了此困扰。

在超弦 M 理论中，物质基单元是弦，而非无限小的点粒子。弦论中的真空，就是一切量子场处于基态，人们观测不到任何粒子，而并非真的无粒子。处于基态的量子场也是物质，这种物质称作"无"，"无"是物质存在的特殊形态。

量子场能在零向非零产生变化,这意味着物质的存在状态发生变化。物质处于基态的量子场"无",向激发态的量子场"有"转化,这就是"有生于无"。激发态量子场的衍化派生出万物,就是"万物生于有"。

科学对"无"的解读,消除了人们长期以来对老子创生论的误解,以为"无"即"精神",从而平息了"唯物论"于"唯心论"之争。

(二) 道生时空论

简述万物生成四过程和"道生一"科学解。

1. 万物生成四过程

万物生成四过程是对"生成论"的补充。

《老子》四十二章:"道生一,一生二,二生三,三生万物。"

生成四过程,历来解读不一。最新解读认为:道为零(属形而上),道自生一;一,分生二;二,合生三;三,化生万物。

(1) 生成四程序

生成程序表

	1	2	3	4	5
名	道	一	二	三	物名
实	无 零时空	朴 能量	有 无 正负时空 (正负物质)	物 性 基本粒子 (物质)	事 物
理	自本	自构	阴阳	重构 (冲和)	化生
程式 (说明)	(自生) (道性)	道生之 物出内因	德蓄之 成长要件	物形之 各物特性	势成之 成熟要件
生式	自生 (道生一)	分生 (一生二)	合生 (二生三)	化生 (生万物)	

(2) 生成程序表说明：

——《老子》五十一章"道生之，德畜之，物形之，势成之"。和四十二章"道生一"完美结合。

——其创生四方式为：自生、分生、合生、化生。

——"一、二、三"不仅仅是序数，同时也具相应内容。

——道学的"二"是各向同性的"标量场"，而"三生万物"是"矢量场"。这种标量场的传播速度不受光速 C 的限制，这样信息还可以从本质简化出些无量纲的"数"，粒子性的存在形式为束缚消息（熵），表现为空间；波动性的存在形式为自由信息，表现为时间；实质上时空是不可分离的，因而信息本质上是空间与时间的藕合。

——信息、能量、物质中的"物质",并非物,只是物质原素。

——此程序表并不完整,完整的为"生分合化返";将在"道生万物循环图"中展示。详见第 84 页"图解大道恒生"。

恩格斯在《自然辩证法》中断言:"相互作用是事物的真正的终极原出。我们不能追溯到比对这个相互作用的认识更远的地方,因为正是在它背后没有什么要认识的了。""只有从这个普遍的相互作用出发,我们才能了解现实的因果关系。"这个观点几乎是恩格斯自然哲学的纲领,他从此推论出"宇宙中一切吸引的总和等于一切排斥的总和",并说这个观点也是黑格尔的。恩格斯盛赞古希腊的自然哲学家在辩证思维方面超过了他那个时代的科学家,然而他不知道,2500 年前中国的老子早已作出真正超科学的结论,并追溯到比相互作用更深的根源。道学的智慧是人类"原始反终"的大智慧,在任何时代都是超前的。

2. "道生一"科学解

(1) 弦解"道生一"

以下为科学解"道生一"。科学解道,许多年轻人容易接受,解释得精准、明确。然而,科学解道是有限的,道囊括了隐与显两大界,而科学是显学,只能解释可以观测到的事物,因此说是有限的。先说弦解"道生一"。

在弦 M 理论看来，宇宙的基本组成不是点状的粒子（零维），而是不停振动的弦（线状一维），通过弦 M 理论我们可以知道，粒子是由弦的不同震动模式构成的，能够把四大基本力囊括到一个框架里。

超弦 M 理论认为，自然界的点粒子分为两类，自旋为半整（奇）数的粒子——费米子和自旋为整数的粒子——玻色子。弦即为"一"，统一万物的基质；超对称的费米子和玻色子是"二"，费米子和波色于成对生成、成对湮灭过程中，最后留存下来的构成物质的三族基本点粒子，即"二生三"。自然界就是由这三族粒子和其超对称伙伴组合成的基本粒子而构成的，即"三生万物"。（仅供参考）

（2）胡孚琛研究员解"道生一"

"道生一"，"一"为信息的"灵子场"；"一生二"，"二"为信息和能量合一的"虚空能量全息场"；"二生三"，"三"为信息、能量、物质合一的"量子虚空零点全息场"，宇宙就是由它创生的。宇宙创生之后，"量子虚空零点全息场"乃至"灵子场"依然存在，即"有"和"无""两重世界"仍然相辅相成、亦此亦彼地存在着。大卫·鲍姆所谓人的感官可以感受的"显在系"和其背后那个超时事的全一性的"暗在系"，即"有"和"无"这两重世界。"灵子场"是宇宙中最根本的"场"，其他"场"都是由"灵子场"衍生而来，

"灵子场"和能量结合为"电磁场",和物质、能量结合为"引力场"。信息和能量产生电磁波,信息和物质、能量产生机械被(物质波)。(详见《老子与当代社会》,张炳玉主编,甘肃人民出版社,2008年11月,《道学文化的新科学观》第82—92页)

(3)量子理论释道

量子理论的出现,让世界震惊。玻尔说:"你如果第一次听到量子力学,你不感到困惑的话,说明你没有听懂。"量子大师费曼说:"没有人懂量子力学,如果说,你懂了,那就是没有懂。"

老子之道是"无"。根据量子电动力学、量子色动力学、量子味动力学和量子宇宙学中对真空及其物理特性的研究可知,真空为基态的量子场,基态量子场(或真空)内无实粒子(光子、电子、质子等等)。真空(基态量子场)是物质的一种形态,与老子所说的"无"十分吻合。也就是说,量子理论正逼近证实"道是宇宙的根本实相"。

说明:实粒子是相对虚粒子而言的。真空内无实粒子,但有虚粒子存在,即真空非空,如真空零点振荡,即场量的各种振动模式在基态中仍不停地振荡。真空量子涨落,即真空中不断地有各种虚粒子在产生、消失或相互转化。

量子力学和爱因斯坦广义相对论之间存在冲突。因为在广义相对论中,空间和时间是光滑弯曲的;但在量子力学中，空间在微观上是剧烈涨落的。弦 M 理论不仅能够把四大基本力囊括到一个框架里；同时，在此框架下，也就是说，广义相对论和量子力学的矛盾是不存在，它们在弦理论的规则下就可以和谐共处。

(4) 姜祖桐"弦夷说"

原始夷弦（大道）是一种时空平直的"巨型"量子，正夷弦拥有的等效正能量可以生成相当于一个电子和一个质子总质量的两倍多一点，负夷弦拥有的等效负能量绝对值和正夷弦相等。

这里所说的夷弦等效总能量高出电子和质子一倍多，是因为在对撞演化中还要生成一部分弦线"尘埃"和"碎片"；在基本粒子内部，还有和它测量值相等的自旋核质量；正弦基本粒子自旋核能量和电子、质子相等，被封闭在它们自洽场的最深层处，自旋方向相反，不与任何其他量子发生相互作用关系，处于"失重"状态，只起到对电子和质子自旋角动量平衡作用，可忽略不计。

负弦基本粒子的自旋核将会崩溃为无数超微子以太，总能量绝对值和宇宙本体的总能量相等，分布在宇宙真空场中。这部分负弦量子在宇宙中负责监护万物演化的职能，不计入定态事物的总能量中。因此，原始夷弦拥有的等效总能量必定是电子和质子两倍多，也就是相当于氢原子质量两倍以上。

由此可见，原始正负夷弦等效总能量绝对值，只有达到氢原子质量两倍多一点时,才具备创生天地万物的条件。

宇宙中的弦量子都是从高速飞行的"压缩夷弦"蜕变而来,根据总属性守恒原理,自旋量子的总能量一定等于原始夷弦本体的定态时空和动态时空等效总能量。其等效能量分别储存在它本体占有的定态时空和动态时空中;势能储存在定态时空的内禀弹力势中;动能储存在动态时空常数中。

在正向演化时,正负弦量子各自生成电子、质子,正电子、反质子和更小的自旋粒子。在反向演化时,自旋粒子蜕变为光子;光子无限红移,又分别回到原始正负夷弦状态。这些规律已被量子力学和相对论把握得非常精细,因此,原始夷弦的力学属性完全能满足创生宇宙万物的充分必要条件。

根据现代物理学实验结果,可以初步断定,大自然所赐的夷弦是一种超流体,它穿了一件超光滑外衣,使它在飞行或自旋时不会有丝毫能耗,确保它的内能只能在自己的"时空"和"质能"属性之间转换,不会有丝毫损失。正如老子所说,它的本质属性"独立而不改,周行而不殆",是永恒的。因此,弦量子的"超流"属性可根据老子的断言,麦克斯韦对"以太"的假设,爱因斯坦-罗森对"虫洞"的假设,加上我们日常看到的光子行为和通电导线周围产生的磁场力推理,直接予以确认。

原始自然界有无数处于压缩状态的标准正负夷弦，它们在没有时空结构的原始自然界穿梭飞行。因夷弦的质量属性没有体现出来，故正负夷弦在飞行时不会消耗自己的等效动能。但由于原始自然界对夷弦有压迫力，对于孤立的夷弦，所受的横向压迫力是平衡的，但当数量很多时，相邻夷弦外侧的压力不变，内测的压力就会减弱，这样，凡是靠得很近的正负夷弦很快就会被挤压到一起，按照飞行方向聚集成"筒状"夷弦流。当筒状夷弦流的密度很高时，如果和另一个飞行方向相反的高密度筒状夷弦流相遇，就会发生剧烈的对撞演化。

筒状夷弦流对撞是夷弦缔造天地万物的必要条件，外部条件和它的内禀属性结合，就能创造新事物。

(5) 徐鸿儒"零物质"与道

正物质和反物质中间的物质称为零物质。零物质特性：一是没有体积，不占空间。二是质量为零，没有重力，与其他物质间不存在引力；运动不需要能量，电位永远为零，不受电场、磁场的干扰；无大小，无形状，可以穿透任何实体。三是运动不受时空的限制（超越时空）。四是物质不灭，零物质也不灭。五是物质具有多样性，零物质也具有多样性。

对照大道：大道是"无"，无形无状，不占空间；大道不是明确的物质，没有质量；它既不是阴，也不是阳；大道超越时空；大道不灭；大道可以内存于任何物中。

老子大道，就是现代科学认定的零物质。（详见徐鸿儒文《零物质·论老庄哲学中"道"的物理意义》,该文发表于《中国文化》,2005年22期第15—22页)。

3. 道生一,一即时空。

笔者提出"一即时空"的几点理由:

第一,老子早就明言道即时空。这里的"道"即"一"。《老子》二十五章:"大曰逝,逝曰远,远曰反",大即道,逝即时间,远即空间。

第二,科学解的基态量子场(真空),科学家都认为接近于道,实际上是"一",即时空,为先天时空。(一为时空,与姜祖桐先生的"弦量子即时空元素"完全一致)。

第三,道创生一切,首先当然是时空,没有时空,一切焉附?

第四,道其大无外,其小无内;时空亦然。

第五,"一"即时空的发现,解决了许多理论困扰。首先是"唯物论"与"唯心论"之争,时空是物质,宇宙源于物质;其次是"创生之母道"与科学的对接,可以理直气壮地说:道是科学之父。再次,可以明确地解读,古人对宇宙万物生成的论述,《关尹子·六匕篇》以一炁生万物,"炁"即真空场;万物负阴而抱阳,冲气以为和,这"气"即现代科学解读的物理场,如果说真空场是先天时空,那么物理场便是后天时空。让人费解的"气"和"炁",迎刃而解。

第六,宇宙源于大爆炸,已得到科学界普遍认可。

大爆炸之前，宇宙是什么样子？科学无法回答。道生时空论，圆满地解决了这一问题。

二、大道恒生论

大道恒生论是《老子》道论生化论中的补充，是大道循环论的延伸。道论是宇宙、自然、人类社会生存发展的终极理论，其完整科学地阐述了宇宙的生与恒，人类社会与自然的本质关系。

（一）何为大道恒生论

大道，是老子之恒道；恒生，即不死（《老子》第四章，"谷神不死"），即永生不灭，不同于长久，天地乃长久（《老子》第七章，"天长地久"）。

大道恒生不同于宗教信仰的永生，宗教信仰的永生指人死后灵魂上天堂，永生不死；大道恒生是指永生不死的大道，生生不息地创生万物。为表示有别，故称"恒生"。

大道恒生，演绎到自然界有两种形式：一种是破折号式，也叫绝对永生，大道纵向直线永生；另一个形式是省略号式，这是非恒道的生存形式，没有纵向直接联系的"恒生"，叫相对恒生（实质是非恒生，由恒生派衍而出），例如星系的繁衍。

（二）图解大道恒生

老子在创生论的四范式后又说，"万物负阴抱阳，冲气以为和。"这是创生论和恒生论的共同基础。冲气以为和，万物才可以生存；唯有和，方可恒生。

1. 道生万物循环图

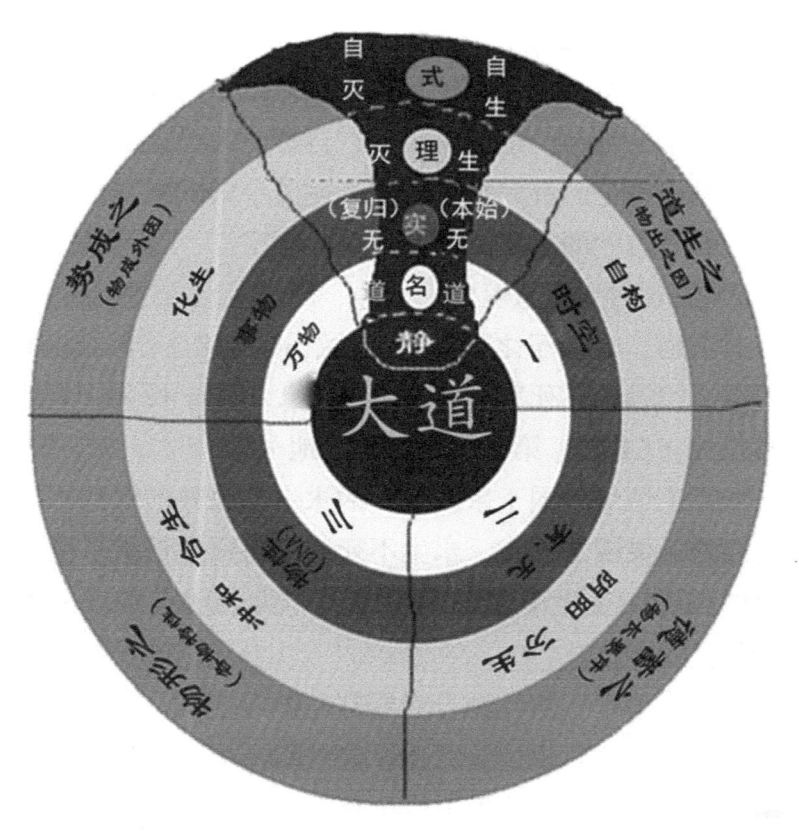

2. 道生万物循环图说明：

(1) 道生万物程式：道生一，一生二，二生三，三生万物。

(2) 万物生长程式：道生，德蓄，物形，势成。

(3) 道生万物方式："生分合化返"道自生一，分生二，合生三，化生万物，复归于道——返生。

（三）大道恒生的理由和启示

■ 大道恒生的理由——

1. 道法自然，自根自本。二十五章："人法地，地法天，天法道，道法自然。"大道自己使然，庄子解释为，"自本自根"（《庄子·大宗师》）。

2. 自我调控，挫锐解纷。大道自身有一个调节功能。老子在第四章中说："挫其锐，解其纷，和其光，同其尘。"道动有行和隐之别，挫"锐"解纷，就是保持中和。

3. 恒道不盈，敝不新成。老子十五章："夫唯不盈，故能蔽不新成。"大道从来就不会盈满，因为不盈瞒，自身就不会成为另外（新成）的东西。老子又在四十章中说，"弱者道之用"，不盈守柔，守弱，作用无穷。

4. 体用相生，无为无名。道"无"为体也为用，相生相化。形式上，无名（三十二章，恒无名），行为上"无为"（三十七章，恒无为），同时又无不为。

5. 道动而反，道静而复。老子四十章，"反者道之动"，大道的运动规律是循环。道处静态是回归，回归本根，是大道永恒不变的规律。

■ 大道恒生论启示——

老子论道，长期以来被人们误解。认为"玄"，不易知、不易行，有人还断然认为老子是消极的。事实上，大道可知可行，它为指导现实生活提供了很多很好很周全的方法，是十分积极的思维方式。下面谈谈恒生论的启示。

1. 道生万物，道法自然，万物自带道之特性。道法自然，只要是扶其正常发展，就自然而然地成长。人是这样，机构是这样，世间万事万物都是如此。

2. 道因自调而永生，挫其锐，解其纷；人要去甚泰去奢（《老子》二十九章）；保持"玄同"境界（五十六章）。

3. 道不自盈，故得永生，人不自满，永葆活力。不自满，谦虚好学，生命活力永存。

4. 道无名无为，人如何实现无为呢？《老子》四十八章："为学日益，为道日损，损之又损，以致于无为，无为而无不为。"无为，合道之为。

5. 天地不为已而长久（七章），大道无私得永生。五十一章："生而不有，为而不恃，长而不宰，是谓玄德。"人做到"少私寡欲"（十九章），便得长生。

6. 道在动静之中实现循环往复，永生不死。人当思自己的归宿和子孙后代的繁衍。上文已述，恒生的两种形式：一种是绝对恒生（大道恒生）。另一种是相对恒生（非恒生），一代又一代繁荣发展。这就是老子所说的"善建者不拔，善抱者不脱，子孙以祭祀而不辍"（五十四章）。这是积极的人生态度。

三、大道衍生论

我们将大道生万物称为创生（或生成），将万物再生万事万物称为衍生，虽不是大道直接所生，仍与大道有密切关系。

衍生主要指人类社会产生的万事万物。道生万物，已得到普遍认可；道生万事，现实环境早已存在，其理论原理却是新出。

1. 道生万事

道所生万物，带有道自生自长自构的能力和特性。道所生万事，同样具有自生自长的特性。这是因为人的作用。

《老子》三十九章，专门论述"一"对万物的作用，同时也适应于万事。特列表如下：

今日万事得一者

昔日万物				今日万事			
得一者		失一		得一者		失一	
天	得一	清	无以清	恐裂	通讯	得一	清	无以清	恐乱
地	得一	宁	无以宁	恐废	高速	得一	宁	无以宁	恐裂
神	得一	灵	无以灵	恐歇	科学	得一	神	无以神	恐歇
谷	得一	盈	无以盈	恐竭	以太	得一	盛	无以盛	恐竭
万物	得一	生	无以生	恐灭	万事	得一	成	无以成	恐废
侯王	得一	天下正	无以贞	恐蹶	婚姻	得一	和且安	无以长	恐散

2. 道生万物和道生万事的区别

(1) 道生万物，道为恒道；德为万物所吸纳。

(2) 道生万事，道为非恒道；德为社会道德。

3. 衍生论提出的重大意义

衍生论的提出，有利于理解道家与儒家的文化关系。

第二节 大道时空论

大道时空论是当代新道论之一。时空论的顿悟，具有重大意义，阐释了宇宙源于物质。

大道宇宙时空论，指大道时空一元论。时空乃大道所生，时空与大道一体，时空铭于物质。

宇宙天文学的崛起，时空问题不再神秘。时间从"不可见"，到可见；空间从大锅盖（苍穹）下，拓展至太阳系、银河系，乃至整个大宇宙。爱因斯坦相对论诞生之后，时空不再是分体兄弟，而成为连体婴。

闵可夫斯基在1908年讲解爱因斯坦相对论时说："从此孤立的空间和单纯的时间注定消隐为过去，只有两者的统一体才会走进鲜明的现实。"

时空问题，《老子》中又是怎么说的呢？

一、时空乃大道所生

道生一，一是什么，历来争论不休；因为说不明白，有人就用序数来敷衍，显然并不令人满意。一即时空。

1. 大道即时空

大道即时空。《老子》二十五章："大曰逝，逝曰远，远曰返。"大即道，大是道之名；"吾不知其名，强字之曰道，强为之名曰大。"逝即时间，如，孔夫子"逝者如斯夫"中的"逝"就是时间。"大曰逝"，大道与时间一体，不可分离；也可表述为大道就是时间；逝曰远，"远"描述空间，空间与时间一体，也可表述为时间即空间；远曰返，"返"指时空循环。这几句为"互文"，描述时空的运行。老子当时就已意识到时空的密切关系。本章中"廖兮寂兮"就是对时空初始态的描述。

2. 道生时空

道生时空，详见下附图《道生时空衍化图》。

道生一，一是零时空，可理解为"零维时空"，是时空的发端（时空 t=0）。此时时间与空间都同时存在了（详见第 82 页"一即时空"的六点理由。）（有人认为，时空是二，不对！时空是一回事）。

一生二，正负时空（正能量场与负能量场）出现；从微观层面而言，量子涨落发生，超弦出现，超弦即一维物质，与空间对应。

二生三，三还不是"物"，一维时空延展，产生二维空间（准确的表述应为"二维时空"），各种轻子产生。

三生万物，万物占用三维空间（为了便于说明才将时间、空间剥离而论），"三维时空"产生于零维时空，故构成了四维时空，故称"1+3"（一是零维时空，三是三维时空)。区别于闵氏"3+1"时空。我们称作先天时空，而闵氏时空是后天时空，或数学对时空的表述。

所以，我们生活在四维时空里，是因为零维时空加上了三维时空，物质运动，三维拓展，仍然是三维。零维时空隐含于万物和真空之中。如果撇开时空，现实中的很多现象都无法理解。比如，光的传播，没有时空，光将寸步难行，更何况数理的解题了。还有，爱因斯坦的时空弯曲，没有时空，凭什么弯曲？

这里所阐述的四维时空，与闵可夫斯基四维时空有别，他是用数学来解释时空，仍然将时间单列，故称3+1（三维空间加上一维时间）。

道生时空，详见下页道生时空衍化图。

3. 时空的本质

爱因斯坦是将时空当作可以弯曲的东西，给人们的感觉，时空是有弹性的物质。如何将时空提取出来，却没有人能做得到。因为它是道生的"一"，只有在老子哲学的宇宙创生论体系中才可以找到圆满的答案。

那弯曲的时空是什么呢？科学目前企图从"量子纠缠"进行解释。然而"量子纠缠"已经是时空场了。没有"一"，时空中的量子纠缠何以实现？一是什么？是道的另一种形式；我们认为，即零时空。人类无法独立认知。但从这个实验中可知一二，血压计中的水银柱之上的空间，可视作标准真空，然而它却具有"时空能"。

道生时空衍化图

```
         ┌───┐
         │ 道 │
         └─┬─┘
           │
         ┌─┴─┐
         │时 空│         道生一
         │(零时空)│
         └─┬─┘
        量子涨落
       ┌───┴───┐
    ┌──┴──┐ ┌──┴──┐
    │正时空│ │负时空│    一生二
    │(实时空)│ │(虚时空)│
    └──┬──┘ └──┬──┘
       希格斯粒子
       (物质元素)
  ┌──────┬──────┐
┌─┴──┐ ┌─┴─┐ ┌──┴──┐
│内时空│─│物质│─│外时空│   二生三
│(物质时空)│ └───┘ │(太空)│
└─┬──┘       └──┬──┘
```

内时空: 星云 恒星 星系 星球 万物
外时空: 真空 各种场 规范场 暗能量(20%) 暗物质(70%)   三生万物

时空的本质是什么？

《老子》认为，时空的本质是"一之网"；承载宇宙一切的系统。同时是"万物之源"。时空系统包含物质、能量和信息（"有和无"），它们可以相互转换（"有无相生"）。不管它们如何变换，时空总是与它们完全融合。

换一个角度说，不管物质如何变换，没有得到时空（"一"），无法成就自身。用老子的话说："天得一以清，地得一以宁，神得一以灵，万物得一以生……"

实质上，时空即能量。这是现代科学的解释。宇宙一切源于能量。（详见笔者另文《论时空力》）。

过去人们认为，时空是物质的平台和中介，这是不准确的。它既是平台中介，又是能量，时空的能量称作时空能。时空能不独自发生作用，而是与物质、物理能量、信息结合产生作用。

科学认为，时空的本源是量子纠缠。量子纠缠即量子与时空融合，构建宇宙天体和生命。详见《人民网》科技栏目（2017年01月25日8时24分）刊出，题为《时空的本源是量子纠缠》。文中载：宾夕法尼亚大学物理学家维贾伊·巴拉苏布拉马尼亚恩说："最近有人提出了一个极为诱人的方案：时空的结构是由更基本的某种'时空原子'通过量子纠缠编织而成的。假定这是真实，时空就是神奇。"

要理解纠缠如何产生时空，物理学家首先必须更清楚地理解纠缠到底是怎样发挥作用的。自从1935年爱因斯坦和合作者预言了量子纠缠以来，就像爱因斯坦自己形容的那样，这种现象看上去一直"如幽灵般"神秘，因为两个相距甚远的粒子竟然可以发生瞬时联系，这看起来似乎破坏了一个铁律——任何东西都不能超过光速。常规的量子纠缠涉及的是散布在空间中的多个同类粒子间单个属性（比如粒子的自旋）的关联。但是，"常规的纠缠是不够的"，巴拉苏布拉马尼亚恩说，"我已经认识到存在其他形式的纠缠，那些纠缠与这个重构时空的项目息息相关"。这个重构时空，即后天时空，可知量子纠缠时空即后天时空的事。

二、老子论时空

老子直接论时空，有这么几章：二十五章、十四章、七十三章、五章、二十二章、十一章。我们将分别论述。

按老子名称，时空应该称作"逝域"，二十五章所论，"逝"是时间，"域"是空间。不过"域"不等于"宇宙"的"宇"，"域"是道所处的时空，可能比现有的"宇"要宽广。这是二十五章告诉我们的，二十五章重点告诉我们时空运行的法则；还告诉我们时空是"流动"的。现在称"时空流"符合老子的本意。

1. 时空无始无终

《老子》十四章："迎之不见其首，随之不见其后。"明写道无始无终，隐写时空无始无终。有人解为时间，是不完整的。解为时空，才合本意；"道纪"是道在时空中的印记。

2. 时空是张网

《老子》七十三章："天网恢恢，疏而不失"。

这句话，通常解为法网。笔者认为，这句话是补充说明，上文天之道"繟然而善谋"的；隐写"时空结构"，时空有纲、有经、有纬、有节点，如同一张网。不仅言明天体间的相互联系，同时也写明了时空结构。

3. 小宇宙如皮囊

《老子》第五章："天地之间，其犹橐籥乎？""天地之间"即"天"，指小宇宙。这句话是一个比喻，说小宇宙如同风箱。既然是比喻，就有相似之处，古代的风箱是用皮做的，可伸缩。老子宇宙模型：宇宙由诸多小宇宙构成，它们之间是全息关系，套叠关系，结构相似。小宇宙像张网，其结构如同伸缩的气囊；宇宙有限无界。（详见附文《老子宇宙模型》）

4. 宇宙时空曲则全。《老子》二十二章："曲则全，枉则直。"是对时空的描述。时空充满了"曲"。

5. "有无"的时空。《老子》十一章："有之以为利，无之以为用。"老子罗列三个常见的用品，来说明虚实（有无）时空的作用，实际上就是在解读宇宙间可见（显）时空与不可见（隐）时空的关系。

三、绝对时空与相对时空

哲学讨论的时空与宇宙学观测到的时空不是等同概念。这里的绝对时空与相对时空，并非牛顿的绝对时间和绝对空间。

（一）绝对时空

绝对时空与大道一体，绝对时空是永恒的。

1. 时空与大道一体

《老子》在二十五章："大曰逝，逝曰远，远曰反。"点明大道即时空，大道与时空一体，不可分离。

2. 时空是永恒的。这里的时空，指绝对时空，即"恒时空"。恒道为零，时空 t=0，故空间亦为零。

(二) 相对时空

相对时空，即物质时空。物质时空包括"天体"和"太空"。相对时空是从绝对时空转化而来。老子认为：域，包含了天；天，包含了地。这与现代科学的发现相吻合。在相对时空中，不存在没有时空的物质，也不存在没有物质的时空。时空又分显时空（可观测的天体）与隐时空（观测不到的暗物质虚空）。在老子之前，认为天与地是并列关系的，地承载万物，天与地之间是万物的空间。

时空铭于物质。铭于物质的时空，是相对时空。

1. 物质产生，铭有时空。《老子》十四章："执古之道，以御今之有。能知古始，是谓道纪。"道纪实质就是时空的历史实录。

2. 时空随道铭于万物中。《老子》二十一章："自古及今，其名不去，以曰众甫。吾何以知众甫之状哉？以此。"道铭于万物，时空亦铭于万物；凭什么可知"众甫"（万物之先祖）？铭于万物中的时空。这是考古研究常用的方法，其原理源自大道。

(三) 时空的特性

为了便于阐述，有时将时空分开论述。

1. 其大无外，其小无内；时空为大道所生。

2. 时间是朝一个方向前进，永不停息。

3. 空间往四面八方，我们所认知的时空是三维时空。

现代科学认为，宇宙空间在不停地扩张，是发现"红移现象"而推导出的结论。实质是暗能量、隐物质不断生成。

4. 时间随空间的扭曲而扭曲。《老子》二十二章："曲则全，枉则直。"这是对时空的描述。时空是一体的。

5. 时空是循环不止的，也是流动的。《老子》二十五章：（道）"周行而不殆"，"大曰逝，逝曰远，远曰反"，这里的"逝曰远，远曰反"，是写大道，同时也是描述时间的循环，论述"时空是流动的"。

四、显时空与隐时空

相对时空为显时空，绝对时空为全隐时空（人们无法通过观测认知）。

1. 显时空。宇宙中显物质占据的空间是可见的，我们称之为显空间；如十一章的描述的车毂、陶器、房室，老子归纳为"有"。扩大到宇宙的星系、星云、星球。人类社会的时空，我们称作显时空。自从纪年的出现，就有明确的时间次序。实质上历史记录的是时空。

2. 隐时空。宇宙的虚空，是隐物质占据的空间，我们称为隐空间。即《老子》十一章中描述的"无"。虚空、黑洞都是隐空间，看似无，却并非真空。自然界万物历经的时空，也称作隐时空，都铭于物质中。可以通过科技手段将其显化，其原理自然离不开大道。

3. 显时空与隐时空的关系

上文已述，显物质空间与隐物质空间的关系即利与用的关系，详见十一章的描述"故有之以为利，无之以为用"。没有隐空间，显空间无法存在；没有显空间，隐空间存在的意义无从体现。显时空与隐时空也是相对的。

五、老子描述的宇宙时空结构

《老子》中有多处论述时空，其中两处描述了宇宙时空结构：

1. 小宇宙为橐龠。第五章，"天地之间，其犹橐龠乎？"

老子描述的宇宙空间，总体如风箱（皮囊）。这是个比喻，是对宇宙空间外壳和虚空的描述。与现代科学测定的宇宙有限无界理论不相悖，不同的是，这描述的是个小宇宙。

2. 宇宙结构为网状。老子描述的宇宙时空结构："天网恢恢，疏而不失。"天网绝对不是如今人们理解的"法网"，而是时空结构：有纲、有经、有纬、有节点——而这一切都是隐性存在的。如果联系人体，最能与之对应的是"经络"和穴位，所以又有人将人体称作小宇宙。言其结构的相似之处。（详见"宇宙全息原理论"）

3. 老子宇宙模型为套叠式时空（详见附文《老子

宇宙模型》)。

六、时空的关系

道论对时空关系的描述大致如下：

(一) 时空总是不可分离

未生成物质时，时空与大道（恒道）共存。都表现为零，时空称为零时空。

道生物质后，时空同时存在于物质。道为"一"、为德与物共存，时空铭进物质，随物质扩张而扩张。

(二) 时空的相对性和绝对性

1. 域与天

(1)《老子》中的域和天是两个空间结构

古人云，天外有天，是说宇宙的多重性；老子认可这一点，所以他在论述大道时采用了"域"这个概念，以区别天地空间（天）。

(2)《老子》中的"天"是宇宙

《老子》中多次出现天道，实指天德（宇宙之德）。按照现代科学的解读，天即宇宙空间。

2. 时空的绝对性

时空的绝对性，指的是恒时空，即永恒不变的时空，与恒道同处的时空，是绝对时空，也称恒时空。

3. 时空的相对性

时空的相对性，指非恒时空，即铭物质的时空，或曰物质时空。相对时空又分为实时空和虚时空。

(1) 时间的相对性

天长地久。《老子》第七章："天长地久。"天地不可能永恒，故称长且久。天地为道所生，具有非恒的属性。相对于恒道，天地是短暂的。相对于其他万物，天地是恒久的。

(2) 空间的相对性

空间的相对性，探讨条件是在相对空间领域。域，包含了天；天，包含了地；地承载了生物。大至星系、星球，小至生物蚂蚁，占用空间是相对而言。

(三) 绝对时空与相对时空的转换

绝对时空总是要转换成相对时空的，一批相对时空结束，另一批相对时空产生。

1. 绝对时空总是要转变为相对时空的。我们上文已述，绝对时空与恒道同在，我们将其称为恒时空；恒道生成物质之后，时空就转变为相对时空（与物质同在）。这符合现代科学"时间的第一定律"：

绝对时间总是要转变为相对时间。绝对空间也一样。绝对时间是存在的，因为宇宙既然是从无到有的，那么在无的时候，即在从无到有之前的时候，只有绝对时间和绝对空间才能实现宇宙的"无"的状态。但宇宙从无到有生成之前的时候，相对的时间和相对的空间实现不了这一"无"的状态，因为相对的时间和相对的空间只能产生相对论的结果。静止的，要叫绝对时间了，不叫相对时间了。时间一旦产生，只向前，不停息。

时间的第二定律是：时间相对于空间的速度与基本粒子生成的速度成正比，与基本粒子生成的单位体积成反比。

2. 时空结束与产生

一批相对时空结束，另一批相对时空产生，交替出现。

附：大道社会空间论

社会空间论，论人类社会空间。是指人类社会活动和人的物质生产实践活动的存在空间。社会空间，它是社会性与空间性的辩证统一；既是物质的，又是精神的。

（一）大道社会空间特性

大道社会空间有两大特点：一是和谐社会，二是无污染社会。

1. 和谐社会空间

关于和谐的描述，《老子》四十二章："万物负阴而抱阳，冲气以为和。"《老子》五十五章："知和曰常，知常曰明。"

2. 无污染社会空间

首先是心灵不受污染，人人归朴；人们处于自由和谐，无压力的生活环境。

其次是生活环境不受污染，使用无污染能源，个个爱护环境。

（二）理想社会的提出

《老子》八十章："小邦寡民。使有什伯之器而不用，使民重死而不远徙。虽有舟舆，无所乘之；虽有甲兵，无所陈之。使民复结绳而用之。甘其食，美其服，安其居，乐其俗。邻国相望，鸡犬之声相闻，民至老死不相往来。"

注：老子的小邦寡民，指管理区域与幅度。八十章是老子对世界统一后，管理区域和人们生活的描述——大意：

生产力极为发达，人们摆脱了繁重的劳动，全心于自身管理；明了自然规律，深知人生真谛。

军队消失，城乡无别；社会机构被一个不断更新的制度所替代，人们自觉共同遵循制度，如同天体自动循环。随处可见义务工作人员，多以为社会尽职为责任。

家庭消失，繁衍成为社会行为，繁育机构培养无私的人类传承人；每个人明了自身职责，努力为社会作出贡献。

人们崇尚自然生活，吃的香甜，穿着讲究；生活变得十分简单，计算器已经用不上；没有你死我活的争斗，没有激烈的竞争，没有名利场的角逐。人们完全处于自由和谐无压力的生活环境。

以步代车，不追逐远游，安居恬静。崇尚传统民俗，个个追求全面发展，并各有专长。

人与人的关系，脱俗随缘自然，因为人人都有很高的境界；除社会活动，平常独处居多。

多么理想的和谐社会！眼下这种社会状态又是如何过渡的呢？

让全世界人们逐步知道、识道、悟道、守道、入道！

（三）社会空间的分离

第四次科技革命以后，人们利用0和1创造、延异出一种新型的社会空间——网络空间，也称"赛博空间"，社会第二空间。它是一种概念空间、符号空间、数字空间，而不是一个真实存在的现实空间或物理空间。

网络空间的出现，虽因市场经济而起，却为世界文化的统一、大道文化的传播创建了平台。

随着全世界空间生产的全球化、社会化与空间资源的私人占有制之间矛盾的尖锐、激化，出现了空间危机，各种社会矛盾呈现于虚拟的、真实的社会空间中。

（四）社会空间存在问题

"社会空间是社会的产品。"在市场经济社会，空间变成了商品。生产者与空间产品的异化，成为现代社会的主要异化形式。"人同空间产品相异化"，于是出现了社会空间问题。

1. 人越是创造、拓展自己的生存空间，环境污染、温室效应、极地黑洞等空间环境问题越是危及着人类的生存。

2. 人生产的空间产品越多，他所占有、支配的空间就越少;"劳动创造了宫殿,但同时也创造了贫民窟。"

3. 人创造了虚拟空间,人为造成空间分离,产生了严重困扰人的网络问题。

——研究、分析当代社会生存空间异化的现实基础,试图找出消除异化的途径和方法,最终回到《老子》中找答案。

(五) 马克思时空观

马克思主义时空观,即辩证唯物论的社会空间观。他认为,空间是物质存在的基本形式,空间与物质运动不可分。马克思主义时空观认为,时间和空间是"存在的客观实在形式","运动着的物质只有在空间和时间之内才能运动",因此,社会空间是人类社会活动的广延性和伸张性,是人的物质生产实践活动的存在方式。

其主要内容:第一,"时间是人类发展的空间";第二,资本总是"力求用时间去更多地消灭空间";第三,空间中包含着政治权力;第四,人类最理想的社会空间是实现(自然主义、人道主义的)共产主义社会空间。

现代自然科学的空间观是对马克思主义的空间理论在新条件下的深化和发展。大道社会空间论与当今乃至今后空间发展方向,不谋而合。

第三节　大道绝对统一论

大道绝对统一论是当代新道论之一。绝对统一论具有重要的现实意义，为构建人类命运共同体奠定了文化基础，同时也展示了中华文化的自信！

大道绝对统一论，是整体系统论。揭示了宇宙自然、人类社会本质的统一性；那些貌似分离、对立的事物，实质都是一个统一体。

绝对统一论，分三方面阐述：一是绝对论：绝对存在、绝对永生、绝对真知；二是相对论：对立相对、相生相化、动态平衡；三是统一论：聚合统一、对立统一（大制无割）、绝对统一。

绝对统一论，为人类文化的统一奠定了可行基础，意义非凡。世界要实现大同，首先是文化大同。哪一种文化可以包容世界所有文化？只有老子大道文化。因为老子文化是自然文化、终极文化。目前，世界上已有许多有识之士认识到这一点。

一、老聃相对论

一提起相对论，人们就想到爱因斯坦的"相对论"。因为爱因斯坦的相对论影响甚大，不管知道或不知道相对论内容是什么，人们总是持肯定的态度。爱因斯坦的相对论是科学相对论，是对宇宙现有现象的科学解读。

老子在2500多年前提出的相对论，我们称为"老聃相对论"。它是更高层次的、对宇宙的哲学思考，论述了宇宙显隐（有无）——看得见和看不见的整体关系。

老聃相对论具有两大特点：一是动态相对，对立的事物相生相化，如有无相生，阴阳相化、难易相成；二是统一相对，所有对立，皆统一。如有无同出，为一体；阴阳相对，不分离。

胡孚琛研究员认为，道学中的"阴阳"，即黑格尔所谓"普遍存在的矛盾"、马克思描述的"对立统一"规律，也即恩格斯所谓引力和斥力、正物质和反物质的相互作用状态。（《老子与当代社会》，张炳玉主编，2008年11月，甘肃人民出版社出版，《道学文化的新科学观》第82—92页，胡孚琛，中国社会科学院哲学研究所研究员）。

从文字表面看，这些论说与我们一般所说的相对论并没有什么差别。但如果深究一步，就不难发现老子"相对论"实际是非"相对"的"相对论"，老子既承认"相对"，又否定"相对"，超越"相对"。

老聃相对论三形态：

（一）对立相对（静态）

对立相对形式，也叫对待相对：阴阳相对、有无相对、相对与绝对相对、恒道与非恒道相对。

（二）相化相对（动态）

相化相对，也可叫相生相对，即动态相对。"相对"是变化的、动态的（平衡）。这种动态变化的相对，只是暂存的现象，而不是永恒的真实。如，有无相生（二章），有与无相生相化——双方动态平衡，时刻变化。"难易相成"，难事可成易事，如果处理不好，易事也可成为难事。

《老子》五十八章："祸兮，福之所倚；福兮，祸之所伏。孰知其极？其无正也。正复为奇，善复为妖。"老子认为，祸中有福，福中又有祸，福祸之"相对"是无常的，时刻变化着的。这是最经典的哲理，几乎家喻户晓。

对立（对待）之间相互转变，依社会环境而变化，坏事可能有好的结果，好事可能出现坏结果。但在什么情况下可能互转？难以把握。所以老子说："天之所恶，孰知其故？圣人犹难之。"自然环境的变化，人是很难把握的。但不是不能把握的。

（三）统一相对

相对和绝对，都是同一事物既相互联系又相互区别的两重属性。马克思主义哲学认为，世界上一切事物既包含有相对的方面，又包含有绝对的方面，任何事物都既是绝对的，又是相对的。我们不知晓马克思是否研究过《老子》，但伟大哲人的思维总是相通的。

对立是相对的，统一则是绝对的。对立双方在不停地变化，唯有统一不变。因此我们又将此相对叫作绝对相对、绝对统一。

对立统一，双方相互依赖共存（阴阳共存），对立共生。自然如此，社会也是如此，无不例外，故称绝对统一。

附：老聃相对论的行为取向

老子认为，人只有"玄同""抱一"，才能跳出"相对"的迷圈，步入"自然"的王国；才可以做到适可而止，止于至善。

第一章中所说的"此两者，同出而异名，同谓之玄。玄之又玄，众妙之门"，就是言明认知"相对论"的主旨。二章中所列举的"有无相生"等六类"相对"事理，就是老聃"相对论"的总纲，"相对"之义的总模式。详见上文。根据相对原理，归纳老子提出的应对措施：

一是守中、抱一。达到"不可得而亲，不可得而疏；不可得而利，不可得而害；不可得而贵，不可得而贱"。

天地如风箱，越拉"风"越多。《老子》五章："天地之间，其犹橐籥乎？虚而不屈，动而愈出。"橐籥即风箱，越鼓风越多。懂得这些原理，就知道如何避免节外生枝。不如守中。

二是在"相对"中从反面介入，为人所不为。如二十八章，"知其雄，守其雌"；"知其白，守其黑"。

三是"相对"中的两方面都取。如"善者吾善之，不善者吾亦善之""善人者，不善人之师；不善人者，善人之资""无为而无不为""天地不仁""天道无亲""圣人不积"等，都是两边皆取的行为模式。

二、绝对统一论

因为相对事物的绝对统一，我们将此理论称作绝对统一论。

（一）绝对论

老子论述的大道是绝对的，大道真理是绝对的，域中存在绝对时空。

然而绝对的恒道，总是要转化为相对的非恒道；绝对的时空总是要转为相对的时空。这与科学认定时间的第一定律相吻合：绝对时间总是要转变为相对时间。

绝对时间是存在的，因为宇宙既然是从无到有，那么在无的时候（在从无到有之前的时候），只有绝对时空才能实现宇宙的"无"的状态，但宇宙从无到有生成之前的时候，相对的时间和相对的空间实现不了这一"无"的状态，因为相对的时间和相对的空间只能产生相对论的结果。

（二）大制无割统一整体

"大制无割"出自《老子》二十八章，大道制御，不割裂自然。译成现代汉语大意是：统一整体，共生共荣，不分离、不割裂。统一包括以下几方面统一：

1. 自然、使然无割（自然界与人类社会的统一）。人与自然万物共生，人类世界整个是个共同体。大系统包含小系统，道含天地人，二十五章："人法地，地法天，天法道，道法自然。"

2. 恒道与非恒道无割。即永恒不变之道与时常变化之道相统一。

3. 知行无割（认知与行为相统一）。这是人类认知行为的道家准则。《老子》二十八章："知其雄，守其雌；……知其白，守其黑；……知其荣，守其辱……朴散则为器，圣人用之，则为官长，故大制无割。"

（三）唯有统一不变

万物相生相化，时时变化，只有统一永恒不变。统一中蕴含共生，蕴含共存。没有统一，没有自然；没有统一，就没有万物；没有统一，就没有延续与发展。

"对立"不是事物总体的属性，它只是事物运动变化过程中相对的和局部的存在，是暂时的、不稳定的存在。"对立"存在的意义，在于它是一切事物运动变化的原因。然而一切事物的运动变化都无不趋向"统一"。整个宇宙不是统一的对立，而是对立的统一。"统一"是事物的总体属性，也是终极属性。

"对立"只是存在于物质运动变化趋向"统一"的过程中，而"统一"不仅体现在物质运动变化的各个阶段，也是物质运动变化的结果。从这个意义上说，"对立"是相对的客观存在，"统一"是绝对的客观存在，故称绝对统一。

三、大道统一论

大道统一论，包含了恒道与非恒道的统一。统一是封闭系统和开放系统的统一，实际上是广义之道和狭义之道的大统一。

大道系统是封闭系统,封闭指道家理论自述系统,即通常人们讲述的"道家"道论;其开放系统是指至今还未被人们普遍认可的,有许多科学志士早已悟到的老聃之道固有的道家理论,即本文要阐述的观点。

(一)绝对统一的封闭系统

绝对统一的封闭系统,指道家文化系统。包括以下内容:

1. 道实论(本体论)——道是一个真实的存在。
2. 生成论——道生万物,生天生地生人生万物。
3. 循环论——大道周行而不殆,宇宙循环往复。
4. 无为论——大道无为而无为为。

以上为现代四论,董光璧研究员在《当代新道家》中对"四论"的现代意义进行了详尽的阐释。

绝对统一的封闭系统还蕴含着当代新道论:大道全息论、大道时空论、知行同体论和绝对统一论。

(二)绝对统一的开放系统

绝对统一的开放系统,《老子》中多处阐述"大道"的开放性:

1. 道者——万物之奥(六十二章),道是万物之所藏,道包容一切(指大自然所有一切)。
2. "同于道者,道亦乐得之;同于失者,失亦乐得之"(二十三章),道是面向全人类的自醒系统,没有强求。

3. 道生万物，人（物）生万事，得"一"以继，失"一"以息（三十九章）。

4. "夫唯不盈，故能敝而新成"（十五章），因为大道不盈满，所以能推陈出新。

5. "容乃公，公乃道，道乃久，没身不殆"（十六章），大道无所不容，无所不纳；大道视天下如一己，以万物齐身。

……

大道具有包容性，具有统一人类大文化的基本条件。

（三）封闭系统与开放系统的大统一

大道文化框架，阐述了宇宙自然的大统一。看似小系统，却是大平台；可以纳入世界文化，构建世界文化大平台。而且大道文化是囊括世界文化精萃的唯一的平台。

胡孚琛研究员说："道家文化具有最高的超越性和最大的包容性，它不仅包容进中国诸子百家的精华，而且还可以融汇东西方异质文化中各种最优秀思想。……全世界自然科学、社会科学、哲学、宗教等多种领域的学者将不断从道学的智慧中得到启发，总有一天，会对以上论断产生共识。"（胡孚琛《道学通论》，社会科学文献出版社，2004年6月，第65页）

李约瑟发现了道家思想的世界意义。他说："道家思想属于科学和原始科学的一面，被忽略了。"他还说："近代科学与技术，每天都在做出各种对人类及社会有巨大潜在危险的科学发现，对其控制主要是伦理的和政治的，而我将提出，也许正是在这方面，中国人民中的特殊天才老子，可以影响整个人类世界。"（摘自李约瑟1975年在蒙特利尔的演讲）

汤川秀树说："我觉得，中国人是这些最早进入精神成年时期的人，而老子似乎用惊人的洞察力看透个体的人和整个人类的最终命运。"

卡普拉发现现代物理学的世界观同东方古代思想相类似，出版了《物理学之道》。他把现代物理和东方古代思想相似的思想发展为东西方文化平衡的世界文化模式（详见"当代新道家"章节）。这就是中华文化的自信！

大道文化被世界认可，是从科学界开始的。这些认可大道文化的科学家，董光璧先生将他们称为"当代新道家"。董光璧先生在《当代新道家》中写道："有种种迹象表明，现代科学的思想基础，可能走上取法中国古代哲人的某些思想。老子思想是最引人注目的。"

根据恒道与非恒道相对统一原理，将世界文化精萃纳入大道文化平台。详见下图。

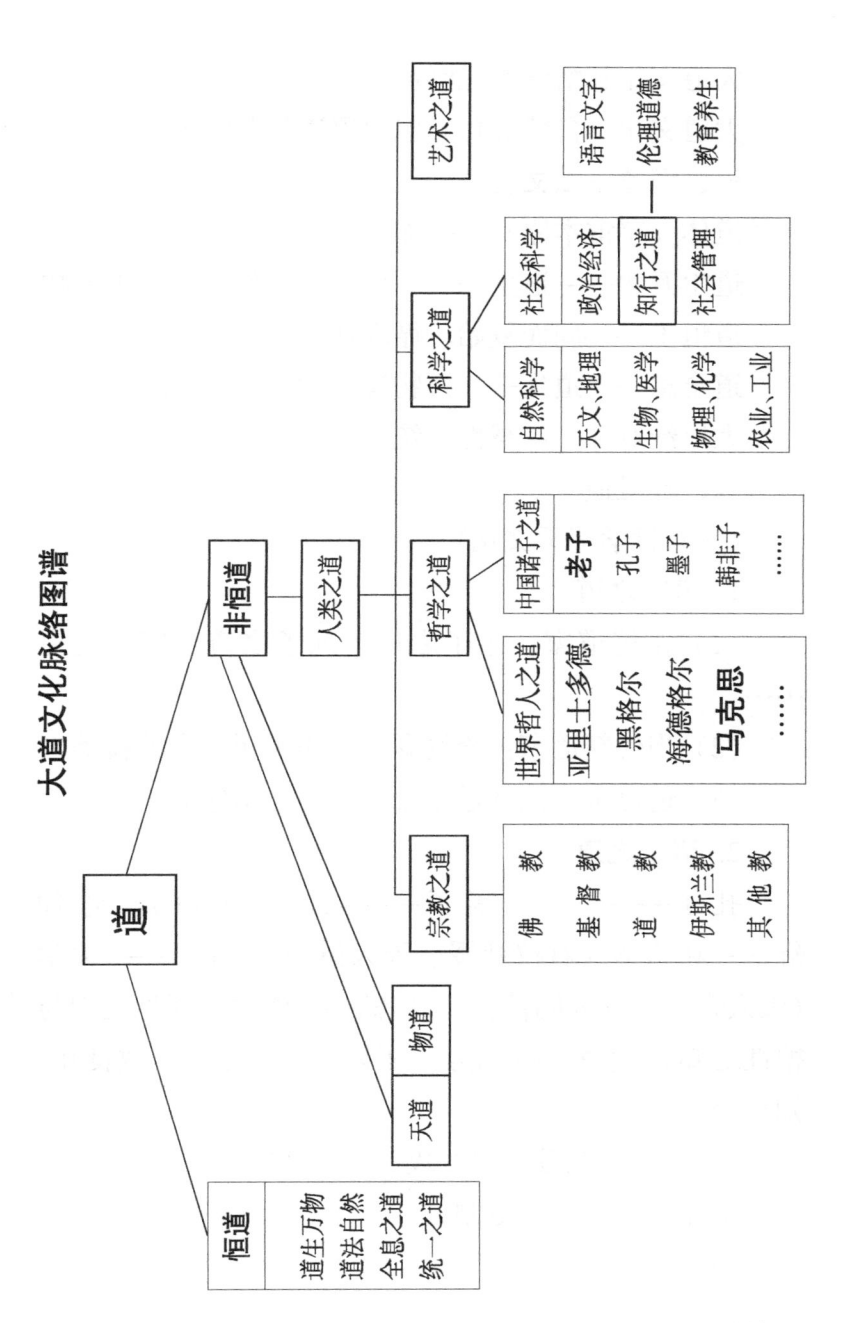

大道文化脉络图谱

```
                    ┌─ 恒道 ── 道生万物 / 道法自然 / 全息之道 / 统一之道
                    │
                    ├─ 天道
道 ─┤
                    ├─ 物道
                    │
                    └─ 非恒道 ── 人类之道 ─┬─ 宗教之道 ── 佛教 / 基督教 / 道教 / 伊斯兰教 / 其他教
                                          │
                                          ├─ 哲学之道 ─┬─ 中国诸子之道 ── 老子 / 孔子 / 墨子 / 韩非子 / ……
                                          │           │
                                          │           └─ 世界哲人之道 ── 亚里士多德 / 黑格尔 / 海德格尔 / 马克思 / ……
                                          │
                                          ├─ 科学之道 ─┬─ 自然科学 ── 天文,地理 / 生物,医学 / 物理,化学 / 农业,工业
                                          │           │
                                          │           └─ 社会科学 ── 政治经济 / 知行之道 / 社会管理
                                          │                                  │
                                          │                                  └── 语言文字 / 伦理道德 / 教育养生
                                          │
                                          └─ 艺术之道
```

113

大道文化脉络图谱说明：

大道文化（自然文化）包含恒道与非恒道。

一、恒道（根文化）

道体（宇宙本原）——无

道生万物——道生一，一生二，二生三，三生万物

道恒生——周而复始、循环往复

道全息——道生一，万物皆蕴"一"

大道绝对性、超越性、统一性。

二、非恒道

（一）哲学（干文化）

1. 道家之道

（1）传统道家：老子之道、列子之道、庄子之道……

（2）当代新道家：李约瑟、汤川秀树、卡普拉等

（3）近道家（接受道家思想、并非道家）

2. 诸子之道

孔子——仁学、孟子——仁政（王道）、董仲舒——新儒学（君权神授、天人感应）、张载——关学（天人合一）（大同社会）、程颢——洛学（闻见之知与德性之知）、朱熹——理学、王阳明——心学（致良知、知行合一）

墨子——"兼爱""非攻""尚贤"

韩非子——君主专制

……

3. 世界哲人之道

毕达哥拉斯——万物皆数、勾股定理

柏拉图——"理念论"、理想国（乌托邦）

苏格拉底——"德性即知识"

亚里士多德——创立形式逻辑、提出"四根说"

培根——归纳法、四假象说

笛卡尔——"心·物"二元论

休谟——不可知论

黑格尔——绝对精神、辨证法

费尔巴哈——唯物主义哲学、无神论

马克思——唯物论和辩证法

罗素——逻辑实证、悖论

海德格尔——存在主义

……

(二) 宗教神学文化

1. 佛教文化

2. 道教文化

3. 基督教文化

4. 伊斯兰教文化

5. 其他教文化

(三) 科学之道

1. 自然科学

(1) 天文、宇宙、航空、航天、地球、地理（自然地理学）、环境科学科学家：牛顿、伽利略、爱因斯坦、玻尔……

（2）生物科学

人类学、动物学、植物学、昆虫学、微生物学、古生物学、细胞学、遗传学、生理学

（3）数学、物理（力学）、化学、医学

（4）农业科学、工业技术

2. 社会科学

（1）宗教信仰

（2）文化艺术

文学、绘画、音乐、舞蹈、雕塑、戏剧、建筑、电影、其他

（3）知与行（认识论、方法论、实践论）

知学（知识、智力、智慧），行为（信念、意志、性格）；内容：教育、文化、历史、语言、文字，逻辑、伦理、心理，品德、人生观、价值观，体育、养生。

（4）政治经济、国家行政管理、法律、军事、外交、信息与情报学。

（5）科学社会主义

……

第四节　大道全息原理论

"大道全息原理论"，本章节由谢陶靖著述。

大道全息原理论是当代新道论之一，阐述《老子》所揭示的科学全息论的原理。

宇宙万物相互感应，共振、共鸣、遥感、月球引力，穴位与经络、针刺麻醉，如此等等，为什么存在这些现象？科学全息论告诉我们因为全息原理。全息原理，源自大道。

《老子》中论述了大道全息原理论，即科学全息的理论基础源自《老子》。于是，我们将老子论述的大道全息称作科学全息原理论。

人们通常认为，科学是真，信仰是善、艺术是美。"真"是物质存在信息反馈，同时是理性判断；"善"是由心而外的信息表现，同时是心的认可；实质上，善包含了慈善与和谐两方面；"美"是外界向心的信息，同时是心对外界的理解，心对心的相互感受。大道修真，与科学相通。科学就是求真，科学与道有缘，科学论证了大道理论的真实存在；道即科学之父。

一、科学全息论

这里所说的科学全息，主要指宇宙全息论和生物全息论。

宇宙全息论的基本原理是：

从潜显信息总和上看，任一部分都包含着整体的全部信息。具体地说，一切事物都具有四维时空全息性；同一个体的部分与整体之间、同一层次的事物之间、不同层次与系统中的事物之间、事物的开端与结果、事物发展的过程、时空都存在着相互全息的对应关系；每一部分中都包含着其它部分，同时它又被包含在其他部分之中；物质普遍具有记忆性，事物总是力图按照自己记忆中存在的模式来复制新事物；全息是有差别的全息。

现代全息科技从光学全息技术开始，已经历了几次大的飞跃。1948年，英国物理学家嘎伯发现了奇妙的光学全息现象，进而发明了全息照相术，荣获了诺贝尔物理奖。光学全息，主要是通过科学技术处理之后的全息，与大道全息原理论没有直接关系，是一种间接的关系。因为是通过科学技术进行处理后的照片。

我国生物学家张颖清发现生物体上也存在着全息现象，从1980年以来逐步创立了全息生物学。此后，我国不少科技工作者发现许多领域中都存在全息现象。

1984年1月，王存臻和严春友提出了"宇宙全息律"，并从哲学的角度建立了相应的理论体系，即宇宙全息论。1986年5月，创立了宇宙全息统一论。将宇宙全息论从哲学理论拓展为现代科学。

宇宙全息与生物全息，其原理源自《老子》。

（一）生物全息论

1. 人体生命全息。自20世纪80年代始生命全息理论诞生，证实了人体全息胚是处于某个生命发育阶段转化中的胚胎。从生命科学看生物具有的全息性，一个精子、一个卵子、一个细胞，都全息着一个完整的生命体。如今高科技发展的克隆技术，就是生物全息律最好的见证。人体是由130万亿个细胞构成，而每一个细胞中都包含着有关人体整体的全部信息。

人体的每一个凸出部位（特别是耳、手、脚）都是人的缩影，都包含了人身上的全部生理信息及遗传信息；人身上的所有器官对应的穴位，都在凸出部位（耳、手、脚）中有规律地排列，得到全面反映。我们就可以通过对人体凸出部位的研究来诊断和发现全身的疾病；反过来，也可通过对凸出部位的治疗来治疗全身疾病。

足疗，耳针治疗全身疾病，就是根据全息原理。

2. 全息生物学

全息生物学是我国著名生物学家张颖清教授创立的。它是研究全息胚生命现象的科学，是生物学的一个重要分支。从胚胎学观点看，由于在受精卵通过有丝分裂分化为体细胞的过程中，DNA经历了半保留复制过程，所以体细胞也获得了与受精卵相同的一套基因，它也有发育成一个新机体的潜能。

生物全息在植物界表现得十分明显，如在吊兰长出软藤的末端或节枝处，可以萌发出一棵棵完整的植株。又如切下一块长芽的马铃薯，便可培育出一棵马铃薯；而更有力的证据是用胡萝卜的一个分离细胞或细胞团成功地培养成一棵胡萝卜植株。

在动物界也可发现许多证据。全息学说认为，每一个机体包括成体都是由若干全息胚组成的。全息胚犹如整体的缩影。这些对应点分别代表着相应的器官或部位，甚至可以把它们看作是处于滞育状态的器官或部位。在全息内，各个对应点有不同的生物学特性，但是每一个对应点的特性都与其对应器官或部位的生物学特性相似。也可以把全息胚看作是处于某种滞育阶段的胚胎。

（二）宇宙全息论

《宇宙全息论》由当代著名量子物理学家戴维·玻姆在《整体性与隐缠序——卷展中的宇宙与意识》一书中提及，由诺贝尔得主、荷兰乌得勒支大学的 G.霍夫特于 1993 年正式提出。

作为当代卓越的量子物理学家与最为活跃的科学思想家，玻姆教授在本书中把量子理论作为一个未破缺的整体（包括物质与精神）来处理。他引入了"隐缠序"的概念，即任何相对独立要素的内部，都包含着一切要素(存在总体)的总和，犹如一张折叠纸的接触点可以包含着纸展开时所展示的总图像的实质关系一样。隐缠序不仅可以对量子理论所隐含的物质新属性，而且对意识的能动性以及物质与意识的关系，给出了一致性的说明。

玻姆教授提出了一种合理而科学的理论来说明宇宙论和实在的本性，如我们所观察到的那样，其说明方式并不把被说明的对象跟（我们所经验的）意识割裂开来。（《整体性与隐缠序——卷展中的宇宙与意识》原著戴维·玻姆，洪定国、张桂权译，上海科技教育出版社，2004 年 12 月版。）

也许你会问，玻姆教授受到《老子》的影响？没有看到相关记载，但真理，全世界相通。

1984年，我国科学家王存臻提出"宇宙全息律"，他认为：宇宙全息统一论正是现代科学和东方古典哲学有机结合的产物。宇宙全息统一论是要在信息的基础上把整个宇宙统一起来，统一为一个整体。从科学方面看，也就是要把一切学科统一起来，使之形成科学的有机整体。

宇宙全息统一论，它是理论科学，同时又是应用科学；既是研究一般的全息理论，又是研究一切科学领域的全息现象与全息规律。宇宙全息统一论包括宇宙全息统一学说和宇宙全息统一工程。宇宙全息统一学说的核心是宇宙大统一律：宇宙是一个统一整体，在这个统一体中，各子系与子系、子系与系统、系统与宇宙之间，存在着泛对应性。在这些泛对应关系中，凡对应部位较之非对应部位在物质组成、重演程度、感应程度、对称程度、脉动频率、经络振荡等物质特性上相似程度较大。这样，在潜在信息上，子系包含着系统的全部信息，系统包含着宇宙的全部信息。在显化信息上，子系是系统的缩影，系统是宇宙的缩影。这很像一幅全息照片，这一因果展示了宇宙整体的大统一性。

宇宙大统一律内含许多宇宙定律，这些定律揭示出许多令人惊奇的全息相关性，如地球上垂直自然带与陆地水平自然带之间具有相关性，南、北两半球上的山头分别与南、北两极全息相关,火星的两极与地球的两极全息对应。这些定律还能解释其他学科难以解释的各种社会、自然现象,如为什么太阳黑子活动强时,高血压患者的血压升高、心跳加快?等等。

宇宙全息统一论揭示了宇宙的整体性——全息性。宇宙全息律表明,宇宙万物构成了一张结构缜密、不可分剖的巨网,人们不可能真正把一个部分从宇宙整体中分离出来。全息理论为我们引出了一个新的视角,世界的每一个局部似乎都是包含了整个世界。

(1)每个事物都是一个全息集,都是宇宙的一个微小缩影显现。

(2)普遍整体性,是通过信息来实现的。

(3)对立事物可以相互转化,它们存在相同的信息。

(4)有限包含虚无限。无限都是显无限,是潜(虚)无限的展开。有限与无限统一于信息。

(5)内因与外因,是同一信息的不同状态。内因是从无到有。

(6)因果关系存在对应关系,凡是出现的结果都在内因中。

而这些规律,正是先哲老子在《老子》中揭示过的,宇宙全息原理。

二、大道全息原理论

大道全息原理源自《老子》,人们从科学全息论中发现,科学全息论原来源自《老子》,于是将探讨全息理论转向古哲学。我们将探究大道全息原理命名为"大道全息原理论"。此理论的提出，却晚于科学全息论，然而它却产生于科学全息之前。

(一)《老子》的全息原理

全息原理包含于五千文中，主要有以下五方面：

1. 本体全息。四十章："天下万物生于有，有生于无。""无"是"有"的潜在形态，"无"包含"有"的全部信息，"有"包含万物的全部信息。

"有无"理论，实际上反映出的是宇宙显信息与隐信息的全部内容。

2. 万物同源。四十二章："道生一，一生二，二生三，三生万物。万物负阴而抱阳，冲气以为和。"因为道生万物，所以万物同源，万物同构，万物皆含"一"。这在三十九章，阐述得淋漓尽致。

3. 万物同构。具有象、精、信。二十一章："道之为物，惟恍惟惚。惚兮恍兮，其中有象；恍兮惚兮，其中有物。窈兮冥兮，其中有精；其精甚真，其中有信。"象是形状，精是物质（精质），信是"规则"。天与人同为一个母亲（大道），天是大宇宙，人是小宇宙，所以叫天人同构。

4. 万物同法。共执系统套叠法则。二十五章："道大、天大、地大、王亦大。""人法地，地法天，天法道，道法自然。"（道效法自己使然）天地人都具大道规律，虽然其法则属包含关系。四大间具有全息性。

123

万物之间都具有相类关系，都存在人与宇宙的对应、感应的全息原理。

5. 大道超越时空，成为永恒绝对。四十一章："大象无形，道隐无名。"道无形无名，其是永恒绝对的，这为全息提供绝对时空。

(二) 大道生物全息原理论

1. 大道有自生、自长、自构的能力；万物也有自生、自长、自构的能力。

2. 大道具有自我完善功能，人具有自化功能，身体有自愈能力。

3. 道有情，万物皆有情；人有情，动物有情，植物有情，水有情。

4. 物质普遍具有记忆性，事物总是力图按照自己记忆中存在的模式来复制新事物，连金属也有记忆。例如，矫正畸牙的金属，就是根据这一原理。

5. 人体是一个小宇宙。中医理论认为，人体是一个有机整体，内脏有病可以反映到体表。《灵枢·本脏》"有诸内者，必形诸外"，故曰："视其外应，以知其内脏，则知所病矣。"中国的扁鹊、华佗等都是望诊的高手神医。实际上就是应用了人体全息的理论。这是古代人体全息论的展示，即今天的科学生物全息论。

(三) 大道宇宙全息原理论

宇宙全息，源于宇宙整体的内在同一性、同源性和相互作用。上文已述，其原理源自《老子》。

从"奇点"开始，宇宙也有一个个体发育周期，同源"分枝"异性是宇宙万物全息不全的根本原因，相互作用使宇宙万物在动态信息上相互包含，从而形成动态的宇宙全息网络体系。

宇宙全息统一论提出了一种新的宇宙整体观。它使人们从一个新的角度来观察自身和世界，从而看到了新的宇宙图景。它将哲学、自然科学、社会科学和思维科学融为一体，这恰恰与《老子》宇宙观和思维方式相吻合。

三、大道全息原理论的运用

在社会现实中，大道全息原理论具有重大意义，同时在实践中的运用相当普遍。

1. 道纪运用于考古（十四章），真、善、美即真也（理性思维）。

2. 生成论运用于探究宇宙本源（四十章）。

3. 道生万物论运用于发现万物之母。

4. 万物同构运用于探索万物的共性与个性（社会机构）。

5. 身国一理运用于修身（养生）与治国的社会管理。

治理自身，从善积德，治未病，构建内心和谐；治理国家，重积德（早作准备），治之未乱，构建社会和谐。

四、大道全息原理引证

(一) 万物同源,天人同构

(1) 人有经络。经络揭示了人体中根本的东西:气在人体中运行,是通过经络来实现的。解剖并没有发现"经络",但并不说明没有经络,针刺麻醉就是例证。

(2) 动物有经络。动物也有经络,这是大家所共识的。人可以通过动物经络给动物治病。

(3) 植物也有经络。植物也有经络,植物病毒全息穴位针刺疗法的试验成功,证明了这一点。

依此推论:万物皆有经络。通过万物,反推:

宇宙也有经络系统;同时可以从"原子模式就是太阳系模式的缩影"来进一步论证上一推论。

宇宙整体乃至任一自然系统,都有纵横交错的经络网,网上分布着大大小小的"穴位"。这些经络和穴位都是全息相关的,相互作用、相互感应的。

(二) 万物皆有情,道隐情素

儒家认为,道始于情。此道乃非恒道。庄子认为,道有情。这是道家之道(恒道)。庄子《大宗师》:"道有情有信,无为无形,可传而不可授,可得而不可见。"

1. 人有情

惠子与庄子探讨人的情感问题:

惠子谓庄子曰:"人故无情乎?"庄子曰:"然。"惠子曰:"人而无情,何以谓之人?"庄子曰:"道与之貌,天与之形,恶得不谓之人?"惠子曰:"既谓之人，恶得无情？"庄子曰："是非吾所谓情也。吾所谓无情者，言人之不以好恶内伤其身，常因自然而不益生也。"

大意：惠子问庄子，"人原本就是无情的吗？"庄子说："是的。"惠子说："人没有感情，怎么算是人呢？"庄子说："道给了人类容貌，天给了人形体，怎么能说不是人？"惠子又问："既然是人，那么人怎么能无情呢？"庄子又回答："我说的情，是人不因为好恶而损害了自己的本性，人要顺其自然，不为外物所累呀。"

庄子妻死，惠子吊之，庄子则方箕踞鼓盆而歌。惠子曰："与人居，长子、老、身死，不哭亦足矣，又鼓盆而歌，不亦甚乎！"

大意：有一天与庄周相依为命的妻子去世了，那个一直和他论辩的惠子到庄子家里吊唁。看到庄子竟然盘着腿敲盆唱歌。惠子大骂："你妻子和你相依生活多年，为你生孩子，照顾你，如今死了，你不哭就罢了，还敲盆唱歌，你太过分了！"

也可能庄子是悲极而狂！

2. 动物有情

动物有情。这是大家所共认的。这里不赘。

3. 植物也有情

植物也有情。1966年2月的一天，美国中央情报局的测谎仪专家巴克斯特意外地通过测谎仪记录到了植

127

物的类似人类的高级情感活动，并随之开展了一系列研究，他的研究轰动了全世界。

当巴克斯特把测谎仪的电极连到了一株天南星科植物牛舌兰的叶片上，并向它根部浇水。他惊奇地发现：在电流计图纸上，自动记录笔记下一大堆锯齿形的图形，这种曲线图形与人在高兴时感情激动的曲线图形很相似。

随后他做了各种实验。巴克斯特构想了对植物采取一次威胁行动，用火烧植物的叶子，一瞬间在心中想象了这一燃烧的情景，图纸上的示踪图瞬间就发生了变化，在表格上不停地向上扫描。而巴克斯特此时根本没有任何动作。

后他取来了火柴，刚刚划着的一瞬间，记录仪上再次出现了极强烈的恐惧表现。后来他又重复多次类似的实验。巴克斯特实验表明：植物还具有辨别人真假意图的能力和具有感知人心理活动的能力。

1973年，彼得·托姆金斯和克里斯朵夫·伯得合著的《植物生命奥秘》一书出版。书中不仅重复了巴克斯特的实验，并且进一步显示植物还对语言、思维、祈祷有反应。

后来，这项研究已成为一门新兴的学科：植物心理学。

水稻听音乐会高产，并没有什么秘密了。

4. 水有情

《水知道密码》，记录了对水进行各种实验，说明水有情。推论，万物皆有情。

5. 道含情愫

根据万物皆有情反推，万物之情源于道，如果道有情，道也会消亡的。正如，天若有情天亦老，因为天有情，天也有衰老的一天。道潜在着相吸相斥的先天元素，其情表现为"零"，表述的是"无"；如果没有这"无"的情愫，万物之情又从何而来？

（三）万物之共鸣

《三国演义》383回，叙述张飞一声喝断当阳桥的故事：

曹操起兵征伐刘备，赵云怀揣刘备之子在当阳长坂坡单枪匹马，浴血奋战。赵云单骑救主杀出重围，张飞挺矛立马于当阳桥接应，他双眼圆睁，虎须倒竖，向追兵大喝："张翼德在此，谁敢来决一死战？"喊声未绝，喝断了桥梁，河水倒流，曹营战将畏惧而退。

历史上有没有这样的事呢？还是演绎出来的？《三国志·张飞传》中有这样一段记载：

先主（刘备）背曹公（曹操）依袁绍、刘表。表卒，曹公入荆州，先主奔江南。曹公追之，一日一夜，及于当阳之长阪。先主闻曹公卒至，弃妻子走，使飞（张飞）将二十骑拒后。飞据水断桥，瞋目横矛曰："身是张翼德也，可来共决死战！"敌皆无敢近者，故遂得免。

据此，"喝断"当阳桥可能是事实，如果是拆了桥，张飞就没有必要再说："可来共决死战！"当然，喝断当阳桥也是有科学根据的，其原理即共振理论。部队在行进中，突然放慢脚步，其频率恰好与桥产生共振，于是桥断，并不神奇。

声音可以击破玻璃杯，这是大家所熟悉的，其原理就是因为声音与玻璃产生了共鸣。

宇宙全息论原理源于大道。因为道生万物，万物秉承了大道特性。然而，我们又可以通过宇宙全息论来认知大道。这与大道绝对统一论相通。

第五节　大道知行同体论

大道知行同体论是当代新道论之一。"大道"指"老子之恒道"，"知"即认知，"行"即行为，"同体"即"知行同道"。大道知行同体论，是《老子》道论中人类认知的主要命题，揭示了认知和行为的特殊关系，认知的是"道"，遵行的也是"道"，故曰"同体"。

大道知行同体论，是认知论与行为论完美结合的产物，"知行同体"是老子哲学"一元论"的又一外在形式，大道知行同体论揭示了大道思维规律。大道知行同体论，又反过来为研读实践《老子》开辟了一条新通道；同时，也为认知宇宙万物、人类社会，构建和谐提供了切实可行的高效的认知行为法。

一、"大道知行同体论"的提出

老子以折叠式表现法,隐藏了所述的诸多内容。笔者领悟其文法,展现了第一章全貌,发现了《老子》深蕴——知行同体论。

《老子·第一章》[①]原文:

"道可道,非常(恒)道;名可名,非常(恒)名。无名天地之始;有名万物之母。故常(恒)无欲以观其妙;常(恒)有欲以观其徼。

此两者,同出而异名,同谓之玄,玄之又玄,众妙之门。"[②]

《老子》文字洗练,第一章上半部采用了多种文法。用现代表述方式,即将几个修辞格套叠在一起:一是"省笔"(唐彪先生语),陈望道先生称之为"省略",用的全是积极省略,省句和省段[③];省略之后,句式参差不齐,陈望道先生称之为"错综"[④];当将许多省去内容补上之后,就是规范的排比。我将这种辞格的套叠称作折叠式修辞法,因为就像折扇上的画,折叠部分将被掩去。

[①]王弼注《老子道德经》上篇,华亭张氏原本,一章,第一页。
[②]括号内为笔者所注。
[③]陈望道.《修辞学发凡》,上海:上海人民出版社,1976年7月第一版,第165—166页。
[④]同上,第184页。

将第一章省略部分的内容（称省词）补上，平铺之后，就成下文：

道可道，非常（恒）道；

无道域之先，有道域之始（省词）；

故恒无道而域为空，恒有道而域繁荣（省词）。

名可名，非常（恒）名。

无名天地之始；有名万物之母。

故恒无名寂兮寥兮，恒有名朴散为器（省词）。

欲可欲，非恒欲（省词）；

无欲虚极静笃，有欲躁起动撩（省词）；

故常（恒）无欲以观其妙；常（恒）有欲以观其徼。

所有补上的"省词"，都可以从五千文中找到根据。展开之后，我们会惊奇地发现，知与行，是《老子》无可回避的主旨之一。

知什么？如何知？行什么？怎么行？《老子》五千文中告知你这一切，知行同体论完整呈现。

二、"大道知行同体论"的论证

论证"大道知行同体论"，主要是从第一章展开内容入手，从五千文中许多关于知与行的论述证实知与行是《老子》阐述的一个重要论题，同时知与行总是同题论述，说明其间的密切关系。

（一）第一章展开内容剖析

展开之后，第一章我们可用四个字归纳：道、名、欲、知。

第一句明写,"可道之道,不是永恒不变的道。"点明五千文"知行"的论题——恒道与非恒道。隐写,"无道(道隐)与有道(道行)"状态,以及"恒无道与恒有道"的情景。补上这些隐内容,会引发我们无限的思考……

写名,明写"非恒名不可名","天地之始本无名,万物之母才有名";隐去了"恒无名与恒有名"的内容。这既告诉我们,五千文是探讨宇宙自然恒道(大道)与非恒道问题,同时也是为认知大道提供了基础。

写欲,归结到如何认知万物之本源本体:"故常(恒)无欲,以观其妙(本原);常(恒)有欲以观其徼(本体)。"

回看第二句写名,用现代语言表述,"名"即概念,有了名,才有办法探究万物,自然是为了认知的需要;虽然大道不可名,老子也给它"强字之曰道,强名之曰大"(见二十五章)。

再回看第一句,补上省词后(只供理解参考):"无道域之先,有道域之始。"域是什么?老子第二十五章:"域[①]中有四大,道大天大地大王亦大。"域,王弼注:"无称不可得而名曰域也,道天地王都在无称之内。"可以理解为道所及的空间,比宇宙要宽广(老子中的"天"是现在所言宇宙)。

---

①王弼注.《老子道德经》上篇,华亭张氏原本,25章,第14页。

再补上第三句省词:"故恒无道而域为空,恒有道而域繁荣。"不一定准确,但有一点可以肯定,老子在探知宇宙;只有补上相关内容(这是老子曾经思考过的内容),才符合老子本意。

根据以上第一章内容的展现,《老子》中蕴含了"知行论",称"大道知行论",即阐述大道与宇宙起始、发展,万物生成及它们之间互为关系的理论。因为知行同体,知的是道,行的也是道,故又称为"大道知行同体论"。

《老子·第一章》在五千文中占有特殊的地位,齐善鸿教授说:"第一章可谓全书的纲领,也是宇宙论、世界论,暗含着的是世界真正的本体论:人类首先是天地造化的产物,然后才是父母生养的我们。""老子通过提出'有无'的概念,把我们从'有'之'有限'引入'无'之'无限',让我们知道了人自身在宇宙中的定位,也让我们知道了人类自身的主观认识在客观世界坐标中的位置。"[①]简言之,首章即文章中心。引出"恒道",即"无",宇宙本体;分层叙述如何认知:从"有名"究至"无名","恒无欲观其妙,恒有欲观其徼",既有认知方法,又有认知步骤;欲知宇宙真谛,"玄之又玄"而已。

---

①齐善鸿.《人生密码》,大连:东北财经大学出版社,2013年10月第一版,第3页。

(二)"大道知行同体论"内容

大道知行同体论,包含哪些内容?

1. 认知大道

认知,是行为的前提。有了名,方可深入认知。于是知"名"是认知的基础。

——万物皆可名,只是非恒名。无名,人们还未认知;有名,人们已经开始认知。大道无名,大道不可名。为了认知的需要,老子"强字之曰道,强名之曰大"(二十五章)。

——名的产生。圣人名之,四十七章:"圣人不见而名。"日常社会生活中产生,第一章"有名万物之母。"

——名的双重意义。二十一章:"自古及今,其名不去。"此句的名,显然不仅仅是概念之名了,那么又会是什么呢?(三十二章)"始制有名,名亦既有,夫亦将知止。"这里的名就很明显具有"成名"的意思。名是名称,也是名气。

知大道,主要列举以下六方面:

(1) 大道生万物。四十二章:"道生一,一生二,二生三,三生万物。万物负阴而抱阳,冲气以为和。"五十一章:"道生之,德畜之,物形之,势成之。是以万物莫不尊道而贵德。"

(2) 大道永恒。二十五章:"周行而不殆。"

(3) 大道无名。三十二章:"道常无名。朴,虽

135

小，天下莫能臣。"

（4）大道无欲。三十四章："衣养万物而不为主，常（恒）无欲，可名于小。"

（5）大道无不为。三十七章："道常无为而无不为。"

（6）大道独立于万物又内存于万物。二十五章："有物混成，先天地生。寂兮寥兮，独立而不改，周行而不殆，可以为天地母。"

2. 认知大道之德

认知大道之德，更准确的表述为：认知万物从大道中如何汲取的"德"，是认知大道的重要内容。例如，天从大道中汲取的"德"，我们将它称作"天德"，而《老子》中称"天道"；又如恒德，那是万物从大道中汲取的与物相伴的"德"，因幽微所以也叫玄德。

（1）知"天德"

之一：功遂身退。《老子》九章："功遂身退，天之道也。"功成业就，退位不争，这就是天德。

之二：损余补缺。《老子》七十七章："天之道，其犹张弓与？高者抑之，下者举之；有余者损之，不足者补之。"天道岂不像拉弓一样吗？弦位高了就把它压低一些；弦位低了，就把它抬高一点；拉得过满了，就松一些；如果不够，就拉足些。

之三：利而不害。《老子》八十一章："天之道，利而不害；圣人之道，为而不争。"天的运行规律，是施利万物而不损害它们（天德）；"圣人"处世原则，是帮助别人而从不与人争夺。

之四：天道无亲。《老子》七十九章："天道无亲，常与善人。"天的运行规律，是没有亲情的，它永不偏袒，总与善者同行。

之五：不言善应。《老子》七十三章："天之道，不争而善胜，不言而善应，不召而自来。"天的运行规律，是不争斗而善于获胜，虽不说话而对于顺天逆天行为都会有不同的回应，不需召唤而自动到来。

之六：繟然善谋。《老子》七十三章："（天之道）繟然而善谋，天网恢恢，疏而不失。"天道坦然处事而善于谋划，天网广大无边，虽然稀疏，却没有漏失。

(2) 明"恒德"

恒德，永恒不变之德。因其深度、广度和层次等不同，又有多种称法。下面列举《老子》中提及的"六德"，从不同侧面展示"德"。

——孔德。二十一章："孔德之容，惟道是从。"通达德行的形态，是随着道的运行而变化的。德之大。

——"玄德"。五十一章："故道生之，德畜之，长之育之，亭之毒之，养之覆之，生而不有，为而不恃，长而不宰：是谓玄德。"德之幽。

道使万物得以产生，德使万物得以滋养，使它们发育成长，"生养"万物；不求回报、不想占有。这就是"玄德"。

——上德。三十八章："上德不德是以有德；……上德无为而无以为。"崇高德性，顺应自然而无心作为，并非有意地炫耀。道德只有内化为一种自觉的真心行为，才具有滋养作用。德之上品。

——常（恒）德。二十八章："知其雄，守其雌，为天下谿；为天下谿，常德不离，复归于婴儿。知其白，守其黑，为天下式；为天下式，常德不忒，复归于无极。知其荣，守其辱，为天下谷；为天下谷，常德乃足，复归于朴。"德之永恒。

甘做天下的溪涧，永恒的德就不会离失；甘做天下的榜样，永恒的德就不会差错；甘做天下的川谷，永恒的德才得以充足，回归到真朴境界。

——厚德。五十五章："含德之厚，比于赤子。蜂虿虺蛇不螫，猛兽不据，攫鸟不搏。"德性深厚的人，就像刚出生的婴儿，毒虫不会蛰刺，猛禽恶兽不会捕食。德之淳厚。

——广德。五十四章："善建者不拔，善抱者不脱，子孙以祭祀不辍。修之于身，其德乃真；……修之于天下，其德乃普。"德之普。

善于建树的人，其建树不可拔除；善于抱持的人，所抱持不会脱落。如果一个人既能建树事业，又能抱持事业，子孙后代的祭祀将永远不断。依道修德于自身，个人的德性就变得纯真；依道修德于全天下，美德就会惠及普天下。

3. 行大道

老子探究宇宙天理，悟出大道学说，使人认知万物之本原，认知大道之规律，就是为了"行"（行即"为"、遵行之意）。

值得注意的是，在认知大道的同时，行也在其中；在遵行大道之时，更离不开"知"。故《老子》七十章云：

"吾言甚易知，甚易行。天下莫能知，莫能行。"——知老子，在于行。

《老子》四十一章云："上士闻道，勤而行之。"——闻道（知道），在于行。

(三)"大道知行同体论"认知法

"大道知行同体论"知行法，本应该综合论述，但为了论述方便，笔者将认知法和行为法分开论述。

认知法探讨认知途径，认知方法；途径是"战略"，方法是"战术"。

1. 大道认知途径

首先是"实践认知"，实地观察。其次是"内观认知"，十六章所描述的"虚极静笃"；第一章描述的"恒无欲以观其妙，恒有欲以观其徼"。第三是"超常认知"，如圣人不见而名。在认知的路上，很容易走弯路的；七十一章："不知不知，病。"（取帛书甲本）不知道自己无知，自以为很懂了，这是认知路上经常出现的毛病。只有永远将自己作为小学生，永远保持行知渴求，方可不断地知行。

2. 大道认知方法

老子论述了五种认知法，这五种认知法都是从"行"中悟出：（1）阅众甫，知本始。（2）循道纪，知远古。（3）身观身，知天下。（4）知阳极，推阴极。（5）致虚守静知常和。

五种认知法，分别出于《老子》二十一章、十四章、五十四章、二章、十六章，详见下文"如何知、如何行"。

附：现代科学认知大道

随着现代科学的发展，《老子》备受推崇，当代新道家涌现，给大道注入了全新的内容。

用现代科学解析大道，从中证明大道是万物之母，也是科学之父；说明大道"能蔽不新成"，同时又"能蔽而新成"（十五章）；"蔽不新成"——大道仍是古始的大道；"蔽而新成"——大道的内涵在人们心目中已是全新的概念。从科学解道中，明白认知大道意义重大，说明传统文化《老子》蕴含了最高深的恒常理论，永不过时。

（1）超弦理论解读"有生于无"

物理界遇到难题，科学家对四种基本力（引力、强力、弱力和电磁力）无法统一，感到困扰和纠结。这时候，超弦理论诞生了，解决了此困扰。

在超弦理论中，物质基单元是弦，而非无限小的点粒子。弦论中的真空，就是一切量子场处于基态，人们观测不到任何粒子，而并非真的无粒子。处于基态的量子场也是物质，"由量子场论可知，场本身就是物质。"①这种物质称作"无"，"无"是物质存在的特殊形态。"暗物质也是物质，是物质必然包含能量。"②

量子场能在零向非零的变化，意味着物质的存在状态发生变化。物质处于基态的量子场"无"，向激发态的量子场"有"转化，这就是"有生于无"。激发态量子场的衍化派生出万物，就是"万物生于有"。

量子力学和爱因斯坦广义相对论之间存在冲突。因为在广义相对论中，空间和时间是光滑弯曲的，但在量子力学中，空间在微观上是剧烈涨落的。弦理论不仅能够把四大基本力囊括到一个框架里；同时，在此框架下，也就是说，广义相对论和量子力学的矛盾是不存在，它们在弦理论的规则下就可以和谐共处了。

（2）"灵子场"解"道生一"

胡孚琛③研究员解"道生一"④，颇有特色：

"道生一"，"一"为信息的"灵子场"；"一生

---

①熊玉科.超弦[M].银川:黄河出版社,2010年7月,第57页。
②由弦理论可知,每条力线均与实物粒子相联系,由于粒子的相互作用,与其联系的场在黑区断开,在该处会产生一个波,若是电子,则发出一个光子和引力子。因此真空也可以激发出光子来。
③胡孚琛,中国社会科学院研究生院哲学系教授,博士生导师,专门从事道家与道学文化的研究和教学。
④胡孚琛.道学通论[M].济南:齐鲁书社,1991年11月版。

二","二"为信息和能量合一的"虚空能量全息场";"二生三","三"为信息、能量、物质合一的"量子虚空零点全息场",宇宙就是由它创生的。宇宙创生之后,"量子虚空零点全息场"乃至"灵子场"依然存在,即"有"和"无""两重世界"仍然相辅相成、亦此亦彼地存在着。

(3) 道即零物质

正物质和反物质中间的物质称为零物质。零物质特性:

一是没有体质,不占空间。二是质量为零,没有重力,与其他物质间不存在引力;运动不需要能量,电位永远为零,不受电场、磁场的干扰;无大小无形状,可以穿透任何实体。三是运动不受时空的限制(超越时空)。四是物质不灭,零物质也不灭。五是物质具有多样性,零物质也具有多样性。

老子对大道的描述:

大道是"无",无形无状,不占空间;大道不是明确的物质,没有质量;它既不是阴,也不是阳;大道超越时空;大道不灭;大道可以内存于任何物质中。

徐鸿儒先生认为,老子大道就是现代科学认定的零物质。[1]

---

[1] 徐鸿儒.《零物质·论老庄哲学中"道"的物理意义》,该文发表于《中国文化》,2005年,22期15页。

结合零物质理论，是不是可以这样理解：道处于静态就是零物质；零物质被激发，也就是动开始，道就成为"一"，一是道动的起始态。

笔者认为，道学不等于科学。科学可以帮助我们理解"大道"，但不能替代大道。

（四）"大道知行同体论"行为法

所以用"行为"表述，"行"即"行为"；行与欲关系密切，先说欲。

1. 行为之源动力——欲

欲在《老子》中，并没有展开论述，但告知人们"欲"在行中占有重要位置；欲的正面动力，现代人研究颇深，认定是行为动力。《老子》中的阐述：

（1）欲的利用

六十一章论述以欲平衡关系："故大邦以下小邦，则取小邦；小邦以下大邦，则取大邦。故或下以取，或下而取。大邦不过欲兼畜人，小邦不过欲入事人。夫两者各得其所欲，大者宜为下。"

从正反两方面加以论述，说明"欲"之利敝。五十二章："塞其兑，闭其门，终身不勤；开其兑，济其事，终身不救。"

（2）欲的负面影响

——欲是罪恶与过失之首。四十六章："罪莫大于可欲，祸莫大于不知足，咎莫大于欲得。"欲的彭胀，导致犯罪；贪欲惹来灾祸；过失都因"欲得"。

——欲乱人心。第三章:"不见可欲,使民心不乱。"物欲横流,人心浮动。

(3)大道无欲人有欲

——大道无欲。三十四章:"衣养万物而不为主,常无欲,可名于小"。

——人有欲。七十七章"天之道,损有余而补不足;人之道则不然,损不足以奉有余。"人为什么会悖天道而行?就因为人有欲。

——圣人"欲不欲"。六十四章:"是以圣人欲不欲,不贵难得之货;学不学,复众人之所过,以辅万物之自然,而不敢为。"人之不欲,圣人而欲。

2. 修为

修为即管理自身的行为,在知行同体论中,修是一种行为,同时也是认知。

(1)修是为认知宇宙

——虚极静笃,知常不殆。《老子》十六章:"致虚极,守静笃。万物并作,吾以观复。夫物芸芸,各复归其根。归根曰静,静曰复命。复命曰常,知常曰明。"

心灵到达极度虚寂,守持这种虚寂宁静。以这种心态去观察万物蓬勃生长,你将从中发现万物生长的规律。

认知大道,是事道、为道的第一步;认知的同时,已开始"为"了。

(2)修是为人处世、规避风险、长生久视的需要

——四十四章:"故知足不辱,知止不殆,可以长久。"

——五十二章:"天下有始,以为天下母。既得其母,以知其子;既知其子,复守其母,没身不殆。""用其光,复归其明,无遗身殃;是谓袭常。"

——五十九章:"重积德……是谓深根固柢,长生久视之道。"

(3)修为的目标:内圣

如何修成"圣人"?详见下文修为的最高境界。

3. 大道之为——无为无不为

传统都称老子"无为",本文称"无不为";此两者同出而异名,称"无为"或"无不为"皆是大道之为。

——六十章:"治大国,若烹小鲜。"言无为。

——六十五章:"故以智治国,国之贼;不以智治国,国之福。"有智治国,有为;不以智治国,无为。

——五十七章:"以正治国,以奇用兵,以无事取天下。"无事,无为。

——三章:"常使民无知无欲。使夫智者不敢为也。为无为,则无不治。"为无为,采取"无为"的作为形式。

——四十八章:"为学日益,为道日损;损之又损,以至于无为。无为而无不为。"为道要采取大道的作为形式——"无为而无不为"。

无为而无不为,是老子无为论的本质;故笔者在本文称"无不为"(在过去很长时间,人们喜欢讲"无为",不提"无不为",很容易引起误解)。

(五)知与为的关系

大道知行论"知行同体"、知行融一。

知行同体,是说知的是大道,行(为)的也是大道;识大道是知之始,同时也是行之始;知之愈真,行也愈真;知之愈深,行亦愈深;知行同步无止境。

知行融一。知中有行,行中有知;融为一体,不可分离。实际上这也是知行同体的又一说法(不同于儒家的"知行合一"详见下文)。

知行同体,看老子是怎么说的;下面从《老子》中找例证:

1. 修为是为了认知宇宙和社会

(1)认知社会现状。五十四章:"修之于身,其德乃真……故以身观身,以家观家,以乡观乡,以邦观邦,以天下观天下。吾何以知天下然哉?以此。"这是修身观天下,知社会。

(2)认知常理。十六章:"致虚极,守静笃,万物并作,吾以观复。夫物芸芸,各复归其根。归根曰静,静曰复命。复命曰常,知常曰明。"这是修为知常道。

2. 知行融一,不可分离

称知行融一,以区别于王阳明首提的"知行合一"。

二十八章:"知其雄,守其雌,为天下溪。为天下溪,常德不离,复归于婴儿。知其白,守其黑,为天下式。为天下式，常德不忒，复归于无极。知其荣，守其辱，为天下谷，为天下谷，常德乃足，复归于朴。朴散则为器，圣人用之，则为官长，故大制无割。"

为便于说明问题，本章列表如下：

"知守为"一体化（大制无割）关系表

知	守	为	恒德	复归(态)	大制无割
雄	雌	溪	不离	婴儿	
白	黑	式	不忒	无极	
荣	辱	谷	乃足	朴	
朴		器	(不忒)	(无极)	
圣道		官长	不离	婴儿	
大 制 无 割					

上表具体说明：

（1）论述了"知与行"的关系，这里"守"即"行"，而"为"不是行，是"成为"的意思，而这成为不是最终结果，只是一个过程。

（2）上表实质上是道明"知行融一"（融为一体）的关系。

（3）通过"知行融一"的阐述，阐明大道"大制无割"的原理。实质上"知行融一"源于大道"大制无割"。（"大制无割"王弼版本作"大制不割"。据"大制无割"理论，知行同体可表述为"知行无割"。)

147

三、知行法

知行法本为一体，这里不再分开阐述。

知之法在上文"知行内容"中，已作简述，这里将展开论述。

（一）知行法

我们从《老子》中找到老子论述了的五种认知方法：

（1）阅众甫，知本始。二十一章："自古及今，其名不去，以曰众甫。吾何以知众甫之状哉？以此。"

（2）循道纪，知远古。十四章："执古之道，以御今之有。能知古始，是谓道纪。"

（3）身观身，知天下。五十四章："故以身观身，以家观家，以乡观乡，以邦观邦，以天下观天下。吾何以知天下然哉？以此。"

（4）知阳极，推阴极。二章："天下皆知美之为美，斯恶已；皆知善之为善，斯不善已。故有无相生，难易相成，长短相较，高下相倾，音声相和，前后相随。"

（5）行中知。《老子》十六章："致虚极，守静笃，万物并作，吾以观复。夫物芸芸，各复归其根。归根曰静，是谓复命。复命曰常，知常曰明。"

修为即修行，但不是宗教之修行，以示区别，故称修为。修是一种行为，同时也是认知方法。

钱学森先生认为，气功、中医理论和人体特异功能，不是神秘的，而是同现代科学技术最前沿的发展密切相关的，因而它们本身就是科学技术的重大研究课题。于是，他提出"开展人体科学基础研究"的倡议。

心灵到达极度虚寂，守持这种虚寂宁静。以这种心态去观察万物蓬勃生长，你将从中发现万物生长的规律。

(6) 修是为人处世、规避风险、长生久视的需要。

——四十四章："故知足不辱，知止不殆，可以长久。"

——五十二章："天下有始，以为天下母。既得其母，以知其子；既知其子，复守其母，没身不殆。""用其光，复归其明，无遗身殃；是谓袭常。"

——五十九章："重积德……是谓深根固柢，长生久视之道。"

总之，为道日损，损之又损，以致于无为而无不为。

(二) 修为的最高境界："内圣"

如何修成圣人？这里的圣人，即指"内圣"（除圣君外）。

第一，无私献身，赢得天下。

——身外身存，无私成私。七章："是以圣人后其身而身先，外其身而身存。非以其无私邪？故能成其私。"圣人把自己放在别人的后面，把自己的生死置之度外，因为无私，成就私愿。

——永不居功，不求回报。二章："生而弗有，为而弗恃，功成而弗居。夫唯弗居，是以不去。"

——为人已有，与人已多。八十一章："圣人不积，既以为人已愈有，既以与人已愈多。""圣人"没有保留，他全力为了别人，自己也更富有；他尽全力给予别人，自己也得到更多。

第二，性格内敛，不露锋芒。

——圣人去甚、去奢、去泰。二十九章："是以圣人去甚、去奢、去泰。"圣人要去掉极端的、奢侈的、过分的东西。

——方而不割，光而不耀。五十八章："是以圣人方而不割，廉而不刿，直而不肆，光而不耀。"圣人方正而不孤傲，有棱角而不伤人，率直而不放肆，光明而不耀眼。

——谦逊处下，为上之本。六十六章："江海之所以能为百谷王者，以其善下之，故能为百谷王。是以圣人欲上民，必以言下之；欲先民，必以身后之。"

江河大海能成为百川的统领，是因为它处在低下的位置。因此，圣人位于民众之上，必须用谦下的言词对待民众；想要位于民众之前，必须把自己的利益放在民众之后。

第三：身有三宝，慈俭不争。六十七章："我有三宝，持而保之。一曰慈，二曰俭，三曰不敢为天下先。慈故能勇，俭故能广；不敢为天下先，故能成器长。"

我有三宝：第一件叫作柔慈，第二件叫作节俭，第三件叫作不敢居天下先。因为柔慈，所以有勇力；因为节俭，所以能拓展事业；因为不敢居天下先，所以能成为万物的首长。

第四：处事慎终如始，补人所过。

——六十四章："民之从事，常于几成而败之。慎终如始，则无败事。"人们做事情，往往在快要成功的时候失败了。如果在事情要完成的时候也能像开始时那样对待它，就不会有失败了。

——圣人犹难，故终无难。六十三章："夫轻诺必寡信，多易必多难。是以圣人犹难之，故终无难矣。"

轻易承诺，必然导致少信誉；把事情看得太容易，遇到的困难就一定很多。因此圣人处事势必考虑诸多困难，所以最终没有难事。

第五：修为圣君，治国为民。

——宠辱不惊，可托天下。十三章："故贵为身为天下，若可寄天下；爱以身为天下，若可托天下。"爱民如己身，爱国如己身；宠辱不惊，具备治国者应有的素养。懂治身，治国方可长治久安。

——受国之垢，社稷君主。七十八章：圣人云："受国之垢，是谓社稷主；受国不祥，是为天下王。"正言若反。能够承受国家的屈辱，能够承担国家的灾难，这才配做国家的君王。

——上等国君，不知有之。《老子》十七章："太上，下知有之；……悠兮，其贵言。功成事遂，百姓皆谓：我自然。"高层次的君王，时时护卫百姓，百姓却感觉不到他的存在；从不扰民，创造条件，让百姓自由发展。

四、"知行同体"与"知行合一"的区别

"知行同体"与"知行合一"的相通之处在于，知与行关系密切，但又完全不同。知行同体是老子提出的，知行同体是在大道的框架下提出的，知的是道，行的也是道。知行合一是明代王阳明提出，他认为"知了不行不是真知"，要将知与行合二为一。

（一）提出者不同

知行同体由春秋时道家先祖老聃提出，知行合一是明心学之祖王阳明提出的。

（二）提出的理论框架不同

知行同体是在"道"的框架下提出的，知的是道，行的也是道；知行合一是王阳明在"龙场悟道"后提出，他认为，知而不行非真知，是以儒家理论作为支撑，是他心学的一大内容。

（三）对知行关系的理解不同

老聃认为，知与行关系融一，几乎无法分开，《老子》二十八章，知、守形象生动地描述了其间的关系；王阳明认为，知为知，行为行，知而不行非真知，必须合二为一。

五、大道知行同体论的现实意义

1. 知行同体论是认知论与行为论完美结合的产物

大道绝对统一论提出之后，一道统天下，所有文化都可归入大道麾下。虽然，目前未得普遍认可，但这是大势所趋，越来越多的人正逐渐觉醒证悟。（详见当代新道论《绝对统一论》）

2. 知行同体是老子"一元论"的又一表现形式

道生万物，是《老子》文中明言之论；道生万事，这是需要我们去感悟的，便有道生万事说。不管是万物还是万事，合道者存，违道者失。这就从又一侧面，论证了大道"一元说"。

3. 知行同体论揭示了大道思维的三种模式

大道思维是单一而周全的思维。大道思维是万向的，但老子筛选了以下三种对人类最有用的思维方式。大道思维，为人们提供周全缜密的整体思维，使你人生"无殆"；大道思维可以正确把控行为方向，了解大道思维，指导现实生活。

（1）大道玄同思维。大道玄同思维，老子分两层论述：

第一层，大道具有"玄同"之性。第四章："道冲而用之或不盈。渊兮，似万物之宗。挫其锐，解其纷，和其光，同其尘。"

第二层，通过玄同思维修为"玄同境界"。五十六章："塞其兑，闭其门；挫其锐，解其纷；和其光，同其尘,是谓玄同。"本章不仅阐述了"玄同境界",同时指出"玄同境界"的获得,即"玄同境界"修为法。

(2)大道反向思维。现代称为"逆向思维"或"联想思维"。

——《老子》二章:"天下皆知美之为美,斯恶已;皆知善之为善,斯不善已。故有无相生,难易相成,长短相形,高下相倾,音声相和,前后相随。"这章是反向思维产生的根据,人们的认知是由美到丑、由善到恶,思维也是依此"程序"而行。

——《老子》五十八章:"祸兮,福之所倚;福兮,祸之所伏。孰知其极?"本章是经典,影响最广。

——《老子》四十四章:"是故,甚爱必大费,多藏必厚亡。"

——《老子》四十二章:"故物或损之而益,或益之而损。"

(3)大道悖异思维。何为悖异?悖,相悖;异,不同。悖异思维,指表象自相矛盾、似乎不合逻辑,然而实则缜密的一种整体思维方式。《老子》中多处出现"悖异现象",其源自大道,故称大道悖异思维。与逻辑思维截然不同,也有人将其称为"辩证思维"。

——七十八章"是以圣人云:受国之垢,是谓社稷主;受国不祥,是为天下王。正言若反。"这里的"正言若反"是对悖异思维的最好解释。

——七章:"是以圣人后其身而身先,外其身而身存。非以其无私耶？故能成其私。"

——三十四章："以其终不自以为大，故能成其大。"

——八十一章："信言不美，美言不信。"

——四十五章："大成若缺，其用不弊。大盈若冲，其用不穷。大直若屈，大巧若拙，大赢若绌（取帛书甲本）。"

老子在这些悖论句用的是"若"（好像）而不是"是"。

——"无为而无不为。"到底是什么都不做，还是什么都做？见上文大道之为——"无为而无不为"。

《老子》中的表述方法也不一般，常用否定来表示肯定，董光璧先生称之为"遮诠法（遮其所非）"，不赘。

总之，大道知行同体论是当代新道论之论题之一。揭示了《老子》"知行同体"的特性和"知行融一"的原理，知的是道，行的也是道；知便是行（为），认知起始，行（为）也在其间了；行即知，行中知，知"道"而行"道"，行道而知道；相互促进，穷尽"天理"，明了"物理"，指导科学，惠及社会。意义重大！

附：现代四道论

董光璧先生在《当代新道家》中，阐述了四道论现代科学内涵，我们将此四道论称之"现代四论"。因为科技发展突飞猛进，大道理论又被陆续发现和发掘——

无论科技如何进步,并没有突破大道文化的框架。这就是道学理论的奇妙之处。新道论不断展现,正说明这个道理。

"现代四论":道实论、生成论、循环论、无为论。

(一)道实论:道家思想的现代解读之一

老子哲学的最高范畴是道,它兼具有宇宙本原和秩序法则的双重含义。

老子用"无"和"有"指称道,一个"无"字,常常使人怀疑"道"的实在性。故董光璧先生提出"道实论"。并将"道"之"无"与数学的"0"和物理学的"真空"作比较,从而证实"道"的实存性。

(二)生成论:道家思想的现代解读之二

老子作为宇宙本原的道,常被人误解为"构成的实体"。老子的"道生一",是属宇宙生成论,并非构成论。生成论主张一切存在物最初都由它生成。而构成论主张一切存在物最初都由它构成。德国物理学家海森伯,从粒子物理中领悟到生成论比构成论更有用,生成论的宇宙原理对于现代科学更适合。于是有些科学家放弃构成论而选择生成论。

一切科学中,最接近"道"的莫过于宇宙学中"宇宙生于无"的理论。虽然还有争议。这样老子的"有生于无"就成为科学命题。

(三)循环论:道家思想的现代解读之三

循环论包含两大内容,一是道的循环,二是宇宙的大循环。道的循环是宇宙大循环的原型。《老子》四十章："反者道之动"，二十五章："周行而不殆"，都是表述道的循环。恩格斯主张宇宙大循环理论，他在《自然辩证法》导言中的一段话，像是给老子的"独立而不改，周行而不殆"作注，恩格斯并不了解老子，他们的思想怎么会如此一致？只有一种解释：天才的心灵总是相通的。

（四）无为论：道家思想的现代解读之四

道家的无为思想，即自然无为，李约瑟解作"禁止反自然行为"。历来对无为有两种误解：一是注释作无所作为，二是解为权谋诈术。现代很多学者都在纠正这种解读。

无为对于解决现代科学技术的社会危机，具有特殊意义。老子是一位自然人文主义者。西方人遇到了社会危机，才回过头来找东方自然和谐文化。英国达尔文学院研究员唐通说："中国的传统是整体论和人文主义的，不允许科学同伦理和美学分离，理性不应和善和美分离。"

第三部 《老子》通解及体悟

一章原文

道可道,非常道;名可名,非常名。无名天地之始,有名万物之母。故常无欲,以观其妙;常有欲,以观其徼。此两者,同出而异名,同谓之玄。玄之又玄,众妙之门。

大意

可以遵循实践的道,就不是永恒的道;可以用名称命名的名,就不是永恒的名。天地之始本无名,万物产生才有名。所以从永恒无欲中,去观察道的奥妙;从永久有欲中,去观察道衍化的迹象。这两者,同出一源,名称不同,都称为"玄"。玄之又玄,就是一切奥妙的门径。

体悟:本章为知行同体论总述(详见《知行同体论》)。不是论"道",而是论"认知之道"。点明道分恒道与非恒道,恒道人们无法依照遵行,只有由恒道派生出的非恒道,才是人们参照遵行的规范。"认知之道"是非恒道,即可道之道。

本章的三个道字,非常奇特。第二个"道"字,大多学者译作"说",从意译的角度来说,可能不会有什么问题,但细加品味,似乎不妥。"道不可言",源自《庄子》,这是《庄子》中庄周引用无始的话。《庄子》中庄周还引用了老聃的话,说道"訇然难言",难言与不可言是有别的。我认为,用"难言"符合老子本意,《老子》中有"道之出言",指可言;事实上,八十一章中,还有十多章言道,这正说明道既可言又"难言"。

第一个和第三个"道"字,是恒道还是非恒道?已定义,可道之道,那是非恒道;隐含"不可道之道,那是恒道"。这就明显告诉我们,本章不是论道,是论述对道的认知。联系下面的句子,更确定是论认知。

如果在第一个道字后逗开,为:"道,可道,非恒道。"意思为:"道是可以遵行的,道是非恒道。"这是不符合文意的。"道可道"是"道之可道"的简缩,定语后置(如"人之不善,何弃之有?"),意即"可道之道",就是"非恒道";反之,"不可道之道,是恒道"。

"名"是人们认知社会的产物,认知恒道要从无名无欲中入手;认知世间万物的奥妙,不仅要从"有"中,同时还要从"无"中综合考察,即"玄之又玄"。

"玄之又玄",很难翻译。玄是有和无,通常学者这样认为;但也有疑义,说是指无、有,无名、有名,无欲、有欲,这样可能更符合文意。如果是这样,翻译就出现麻烦了。

有的学者简单地译作"幽深又幽深",不如不译。

有的译作:"从有形的广阔世界到达无形的深远境界",也许这就是重玄的意义。似乎不是这么简单,"玄之又玄",到底"玄"了几次?看相同的句式"损之又损,以致于无为",你能说得清"损"了几次?直至"无为"。同理,要"玄"到入"妙门"为止。

本章明言非恒道,隐言恒道;明言非恒名,隐言恒名;明言观其妙、观其徼,隐言实言"玄之又玄"!

如果第一章真懂了,《老子》也就入门了。

二章原文

天下皆知美之为美,斯恶已;皆知善之为善,斯不善已。故有无相生,难易相成,长短相形,高下相倾,音声相和,前后相随。是以圣人处无为之事,行不言之教。万物作焉而不辞,生而不有,为而不恃,功成而弗居。夫唯弗居,是以不去。

大意

天下人都知道什么是美的,就知道什么是丑的了;都知道什么是善的,就知道什么是恶的了。于是,有和无相互转化,难和易互相形成,长和短对比显现,高和下相互依存,音和声互相和谐,前和后相互随从。

圣人以无为处理万事,实行无言的教导;听任万物自然生长不加干涉,生长了万物而不据为己有,抚养了万物而不自恃已能,成功了而不居功。正是因为不居功,所以功绩不会消失。

体悟:本章阐述了认知过程,人们先懂得美,然后才知道丑；先知道善良，而后才认知邪恶。同样，所有对待关系事物的认知，都是有先后程序的。当然，本章明言哲理，大道相对论；隐言对立统一、相生相化；同时提示认知规律，先知美后知丑。

三章原文

不尚贤，使民不争。不贵难得之货，使民不为盗。不见可欲，使民心不乱。是以圣人之治：虚其心，实其腹，弱其志，强其骨。常使民无知无欲，使夫智者不敢为也。为无为，则无不治。

大意

不刻意推崇人的才能，人们就不会产生偏激的竞争，减少了不必要的争端；不过分贵重难得的货物，就不会诱导那些不法分子去偷盗；不显耀可以引起贪欲的事物，民心就不会被扰乱。

因此圣人治理天下，使天下人心里虚静，腹得饱食，消弱不切实际的心志，增强体魄健康。使人民处于没有心机和没有贪欲的氛围中，这样那些有心机的人也不敢胡作非为了。用"无为"的方法治理天下，天下没有治理不好的。

体悟："为无为"告诉我们，无为是一种作为。何谓无为？通常译作"顺应自然而为"；李约瑟译作"禁止反自然行为"。纵观全文，并非如此简单，同样句式有：事无事、味无味、行无行——如果用一个模式翻译，肯定不妥；不仅如此，"不言之教，无为之益，天下希及之",这里,无为又和"不言"联在了一起(自然还有希言、贵言);再看,"治大国若烹小鲜""损之又损,以致于无为","动作"少也是无为;还有,"无有入无间",那些看不见却又确实存在的行为也是无为;"无智"也是无为;无为最终和"无不为"联系在一起,彻底消除了"不作为"的念头。总之,认知"无为",从自然开始,遍及社会,落实到个人。

"无为"是很难译的,要根据实际情况,做理解式的翻译。

本章明言圣人无为治国,隐言民众以"朴"生活。

四章原文

道冲而用之或不盈。渊兮,似万物之宗。挫其锐,解其纷,和其光,同其尘。湛兮,似或存。吾不知谁之子,象帝之先。

大意

大"道"虚空而永不盈满,这才能发挥它的作用。渊远啊,好似万物的宗祖。磨却锋芒,解除纷扰,调和光亮,混同于尘埃。深遂而隐约不见啊,又好似的确存在。我不知道它是谁的孩子,象是天帝的祖先。

体悟:"挫其锐"四句,有的学者认为是衍文,因与五十六章重复。这里是写道具有自我调节、自我完善的能力,所以成为万物之奥;与五十六章的不同,那是写人的境界。圣人根据大道的秉性,悟出两条:一是玄同境界(见五十六章);二是"以其病病,是以不病"

（见七十一章）。

"象帝之先"，表述肯定生于天帝之前，我觉得"象是天帝的祖先"比"显象在天帝之前"更合文意。

本章明言大道生于天帝先，隐言宇宙、人类社会并非"神"在操控。

五章原文

天地不仁，以万物为刍狗。圣人不仁，以百姓为刍狗。天地之间，其犹橐籥乎？虚而不屈，动而愈出。多言数穷，不如守中。

大意

天地没有仁爱，任凭万物自生自灭。圣人没有仁爱，任凭百姓自生自长。天地之间不正像风箱吗？虽然空虚，但不穷尽，越是拉动，风越是不停；多言使人困惑，很快就行不通了，还不如保持中正。

体悟："天地不仁"，实则说明天地有情。"天之所恶，孰知其故？"（七十三章）可以互证。

天即今"宇宙"，其结构犹"橐籥"（风箱），古代风箱用皮制作，实为皮囊，故会膨胀。风箱分橐与籥两部分，橐是外结构，籥是生风的部件，如果将籥置于当中，什么风（事）也就没有了。故有"守中"的说法。

本章明言天地圣人无情，隐言"天有情"和天体结构如"橐籥"（皮做风箱）。

六章原文

谷神不死，是谓玄牝。玄牝之门，是谓天地根。绵绵若存，用之不勤。

大意

道像泉眼般的神灵，永生不死；犹如玄妙的母性阴户。玄妙的阴户之门，是天地产生的根源。它连绵不断地存在着，作用无穷无尽。

体悟：谷神。谷，《说文解字》："象形字，犹泉出口。"即泉眼，不停地冒出泉水（生万物）。此泉永不枯竭，故曰"神"。谷为虚空，即山谷之"谷"，是引申义，不符合老子原意。此章并没有出现一个"道"字，实际是写"恒道"，用两个套叠的比喻（泉眼、阴户），形象地描述了天下万物从何处而生，且生生不息。

本章明言天地的出生，隐言大道的永恒和作用。

七章原文

天长地久。天地所以能长且久者，以其不自生，故能长生。是以圣人后其身而身先，外其身而身存。非以其无私邪？故能成其私。

大意

天地长久存在。天地所以能够长久存在，因为它不是为自己而生存，所以能够长久存在。因此圣人把自己置于后面，反而能够领先；把自己置之度外，反而会保全自身。这不正是他无私吗？所以能够成就他的私愿。

体悟：本章写天地之德。天地为什么会长生？因为不为自己而生存（无私之德）。正是基于"天德"的启悟，圣人谦让不争。"后其身""外其身"，这引起后人诸多误解，以为圣人"造作"，明明想居先，却故作退让。

《老子》中，天地与万物是分而陈述。大道为"恒"，天地为"长且久"（天长地久有尽时），故天地非恒也，天道乃非恒道。

本章明言天长地久的奥秘，隐言"无私成私"是"天规"。

八章原文

上善若水。水善利万物而不争，处众人之所恶，故几于道。居善地，心善渊，与善仁，言善信，政善治，事善能，动善时。夫唯不争，故无尤。

大意

最符合道的品性就像水一样。水善于滋润万物而不与万物争利，甘愿处于众人厌恶的地方，所以最接近于"道"。居位于最适合的地方，心如深渊深沉而宁静，待人交往仁爱无私，说话从容、不自夸、恪守信用，从政有条有理、治理有方，办事圆润、能力卓著，行动合天时、随地利、善于把握时机。正因为他不与万物争利，所以才不会有过失和怨咎。

体悟：《老子》中的"善"，是以道为判断标准的，上善，即最符合道的品性。也是上德。水之德集中两点：一是利万物（不争之德），二是做他人不愿做的事。"圣人欲不欲，不贵难得之货；学不学，复众人之所过"（六十四章），也是上德的表现。

下文"七善"是对"上善"的具体描述，处下、宽容、仁爱、诚信、责任、无不为、机缘巧合——即合道之人。

本章明言大道如水的品性及水之"七善"，隐言无私利他的高尚品德和合道之人的处世之法。

九章原文

持而盈之，不如其已；揣而锐之，不可长保。金玉满堂，莫之能守。富贵而骄，自遗其咎。功遂身退，天之道。

大意

执持满盈，不如适时而止；捶打而使之锐利，很难保持长久；金玉堆满堂室，没有人长期守得住；富贵而产生骄横奢侈，只会给自己留下灾祸。功成业就而急流勇退，这就是天道。

体悟：中国古代曾用"滴漏"做时钟，其原理是满而清空，从头再来。这很能说明"满盈不如其已"之理。揣（zhuī）新华字典无此音，《辞海》有；此音符合老子本意。"莫之能守"，古代否定句宾语（之）前置，正装："莫能守之"，没有人能够守住它。

本章天道即天德。本章明言过犹不及的哲理和功成身退的天规，隐言适可而止、不留灾殃，急流勇退、不恋功绩的处世哲学。

十章原文

载营魄抱一，能无离乎？专气致柔，能婴儿乎？涤除玄览（鉴），能无疵乎？爱民治国，能无为乎？天门开阖，能无雌乎？明白四达，能无知乎？生之畜之，生而不有，为而不恃，长而不宰，是谓玄德。

大意

精神与形体抱持一体（守一），能不分离吗？聚集精气达到柔和温顺，能像婴儿吗？清除杂念，深入内心静观，能没有瑕疵污点吗？爱民治国，能"无为"吗？感官与外界接触，能守住雌柔保持平静吗？明白而通达，能不用心机吗？生长万物、养育万物，生长万物而不据为己有，养育万物而无所仗恃，使万物生长而不为主宰，这就叫作"玄德"。

体悟：本章是老子论修炼的过程。用问句的形式，答案就在其中。抱一，守一。灵魂与体魄都同于"一"，并非合二为一。这是返本归真，先有一，而后有灵与肉。

涤除玄览是真功夫。人在修炼过程中，内心会出现如明镜的影像；无疵，即没有干扰信号。不断修炼，就是不断"涤除"。

天门开阖，人刚出世时，就是通过"天门"与外界沟通，刚出生的孩子（没有视力）是如何"看清"大人的脸的？天门在何处？即"囟门"，人出生时，头胪囟门处骨骼没有封闭；古人认为，是元神出入的门户；据说，修炼者达到高境界，天门就会自然开合，从而生命运化就与天地自然的运化融为一体。"天门"在这里指人的天赋感官，"天门开阖"就是人体感官的开合活动。"为雌"就是守雌,保持平静。

本章明言提出系列问题,隐言修为过程。

十一章原文

三十辐共一毂,当其无,有车之用。埏埴以为器,当其无,有器之用。凿户牖以为室,当其无,有室之用。故有之以为利,无之以为用。

大意

三十根条幅汇集到车毂上,车毂中间有了空无,才能使车子运转;揉捏黏土制作器具,器具中间有空虚,才能容纳物品;建造房屋开凿门和窗,有了门窗的空无,房屋才能使用。所以"有"提供了便利,"无"(空虚)发挥了作用。

体悟:本章是论空间。实则阐明深刻哲理。人们所能见的物体,正因为看不见的"无",才能发挥作用。宇宙空间同理,那些看不见的暗能量、暗物质,正左右宇宙的运行。

人们又由此联想到艺术,图画的"留白"、电影的"空镜头"、音乐的"无声胜有声",都是同理。

本章明言车毂、器具、门窗的利,无的作用;隐言道之无的作用。

十二章原文

五色令人目盲;五音令人耳聋;五味令人口爽;驰骋畋猎,令人心发狂;难得之货令人行妨。是以圣人为腹不为目,故去彼取此。

大意

五光十色，使人眼花缭乱；纷繁的音乐，使人耳朵发馈；美味佳肴，使人食不知味（有伤脾胃）；纵情的骑马狩猎，使人心思狂荡；难得的贵重之货，会妨害正常行为。因此圣人只求简单纯朴的生活，不贪图声色的享受。所以要摒弃物欲诱惑，保持内心安宁。

体悟：圣人，理性之人。不追求"声色"享受，以天下责任为己任。凡人，也有自己的责任，一切但求有度。

本章明言"声色"享受的危害和圣人对此的不屑，隐言为道者"塞兑、闭门"的具体内容。

十三章原文

宠辱若惊，贵大患若身。何谓宠辱若惊？宠为下，得之若惊，失之若惊，是谓宠辱若惊。何谓贵大患若身？吾所以有大患者，为吾有身，及吾无身，吾有何患？故贵为身于为天下（取帛书甲本），若可寄天下；爱以身为天下，若可讬天下。

大意

受到宠爱或侮辱而感到惊恐，过分重视身体而产生大祸患。什么叫作"宠辱而惊"呢？受宠为卑下，得到它而惊恐，失去它而惊恐，这就叫作"宠辱而惊"。什么叫作"贵大患若身"（"贵身若大患"）？我之所以会有大祸患，是因为我有这个身体；如果我没有这个身体，我还有什么祸患呢？

169

所以，如果能够重视治身（做到宠辱不惊），并以治身之法用于治国，这样就可以把天下交付给他；能够爱惜自己的身体从而治理天下，才可以把天下委托给他。

体悟：本章言修身与治国的关系。

受宠令人惊恐，失宠更令人惊恐。何？修身不足。

"贵大患若身"即"贵身若大患"。（见陈鼓应《〈老子〉今注今译》2016年版第121页，引用王纯甫《老子亿》："贵大患若身"，当云"贵身若大患"。倒而言之，文之奇也。古语多类如此者。）"若"连词，译"而"；全句，过分重视身体（贵身）而产生大祸患。老子提倡自爱不自贵（见《老子》七十二章），不提倡贵身，贵身有祸患；也不提倡贵生（厚养），可作为互证。"无以生为者，贤于贵生。"（见《老子》七十五章）。

什么叫作"贵大患若身"（贵身若大患）？我之所以会有大祸患，是因为我有这个身体；如果我没有这个身体，我还有什么祸患呢？身体是祸患之载体（源）。可理解为：我"无身"（"无我"），亦无患。如何不给身体留下祸患？治身。

"贵为身于为天下"，贵，以……为贵（以"为身"为贵），并非以"身"为贵，"为身"即治身，重视治身，并获得成功，则可以将天下托付给他。"爱以身为天下"，句式与上句有别，爱惜自己身体而为（治理）天下。

本章明言"宠辱与身患",隐言修为治身与治国。

十四章原文

视之不见,名曰夷;听之不闻,名曰希;搏之不得,名曰微。此三者不可致诘,故混而为一。其上不皦,其下不昧,绳绳兮不可名,复归于无物;是谓无状之状,无物之象,是谓恍惚。迎之不见其首,随之不见其后。执古之道,以御今之有。能知古始,是谓道纪。

大意

看也看不见,叫作"夷";听也听不到,叫作"希";摸也摸不着,叫作"微"。这三者,无法追根刨底,因为它们混为一体。上面并不显得光亮,下面也不晦暗。它连绵不绝,无涯无际,复归于无形之物。这叫作没有形状的形状,没有物象的形象,就叫作"恍惚"。迎着它,看不见它的前头;跟随着它,看不见它的末尾。掌握古时的"道",来驾御今天的万物,能认知上古的起始,这就是道的纲纪。

体悟:本章言恒道"纲纪",凭此可以认知宇宙起源。"迎之不见其首,随之不见其后"并非时间遂道,而是言明绝对时空;绝对时空与道相处。物质产生之后,时空铭于物中;那是相对时空。即道纪,考古专家正是通过"道纪"认定,地球产生于41亿年前,从已发现的人类化石来看:440万年前发现的南方古猿,200万年前出现最早的能人,170万年前出现直立人,20万年前才有早期智人生活。

本章明言恍惚之道和道的纲纪，隐言道的超越性和时空印记是大道认知法则之一。

十五章原文

古之善为道（士）者，微妙玄通，深不可识。夫唯不可识，故强为之容：豫兮若冬涉川，犹兮若畏四邻，俨兮其若客，涣兮若冰之将释，敦兮其若朴，旷兮其若谷，混兮其若浊。孰能浊以静之徐清？孰能安以久动之徐生？保此道者不欲盈，夫唯不盈，故能蔽而新成。

大意

古时善于为道之人，通达细微玄妙，思想深邃，难以认知。正因为难以认知，只能勉强加以形容：

小心谨慎，像冬天踏冰过河的"豫"；警觉提防，像担心四周围攻的"犹"；恭敬庄重，如同赴宴做客；融和洒脱，像冰块将要融化；敦厚质朴，像未经雕琢的朴玉；空旷豁达，犹如深山幽谷；浑纯宽容，像江河浊水。谁能在动荡浑浊中安静下来缓缓澄清？谁能在长久的安定中活动起来缓缓地充满生机？保持此道的人，内心不会盈满；正因为虚怀若谷，所以才能弃旧成新、长久常新。

体悟：本章写为道之人，与二十章圣人境界可互为补充，理解得道之人。得道的人具有七种品质：谨慎、警戒、庄重、洒脱、虚怀、质朴、浑厚；同时具备两种能力：动荡中安静清醒，久安中激发生机。

恒道"蔽不新成"，为道者"蔽而新成"，共同的法宝：不盈。

有人将"涣兮若冰之将释"（王弼注本）改作"涣兮其若释"，不符合《老子》篇章，七种品质皆有喻体，"冰"作为喻体，不能删去。

本章明言得道之人，隐言道的功用。

十六章原文

致虚极，守静笃，万物并作，吾以观复。夫物芸芸，各复归其根。归根曰静，是谓复命。复命曰常，知常曰明。不知常，妄作凶。知常容，容乃公，公乃全，全乃天，天乃道，道乃久，没身不殆。

大意

致使心灵空虚至极，坚守心性清净纯笃。我看到万物蓬勃生长，循环往复。万物纷杂繁多、生机盎然，最后都各自返回根本。返回根本叫作静，静也叫复归生命。复归生命是自然规律，认识了自然规律，才称得上明白通达。不懂得自然规律，可能轻举妄为，将有凶险。认识了自然规律，才能宽容，宽容才能大公，大公才能周全，周全才符合自然（天），符合自然才合道，合道才能长久，终身没有危险。

体悟：本章是识道、悟道与修道、守道的精髓。修（"行"）的总原则，"知"的基础。这里"行"先于"知"，要知（识）道，首先要修（行）道。

致虚、守静——修之法门。极与笃，是极度。这是《老子》中唯一一处言"甚"。心空灵现，德一存，慧智生；性纯气和，营魄抱，筋骨健。

本章为修之纲领。可与五十六章"玄同"境界，相互参照而修。十章为修之过程，五十四章，论修之晕轮效应。

本章明言，知常的过程和知常的意义；隐言人与万物一样，也有"根"，这就是人生真谛；懂得了人生真谛，你就可以"内圣"而无殆。

十七章原文

太上，下知有之；其次，亲而誉之；其次，畏之；其次，侮之。信不足焉，有不信焉。悠兮，其贵言。功成事遂，百姓皆谓："我自然"。

大意

最好的国家管理者，人们仅仅知道他的存在；次一等的，人们亲近他、赞美他；再次一等的，人们畏惧他；最次的，人们轻蔑他、侮辱他。因为诚信不足，人们自然不信任。

有道管理者是多么自在悠闲，惜言如金；事成功就，老百姓都说，我们自己本来就是这样做的。

体悟：本章言管理的几个层次。以"无为"为上。一是道统社会，人民自醒，实现自我管理，自我成功；统治者悠闲自在，"为无为"，人民仅知道他的存在而已（若是上古，还真不知其存在）。二是德治，统治者以身作则，和人民打成一片；上下同心同德。三是法治，法令森严，人民畏惧。四是人治，朝令暮改，不讲信誉，人民辱骂、怨声载道。

"百姓皆谓我自然"，老百姓都说，我们自己就是这样做的呀。自然，两个词，自己使然。

本章明言，国家管理的几个层次（对比）；隐言，百姓自醒后的自我管理是最理想的管理。

十八章原文

大道废，有仁义；慧智出，有大伪；六亲不和，有孝慈；邦家昏乱，有忠臣。

大意

大道废弃了，才出现仁义；聪明智巧出现了，才有伪狡流行；家庭不和睦，才需要孝与慈；国家地方陷于混乱，才出现所谓忠臣。

体悟："大道废"与三十八章"失道而后德，失德而后仁"意义相近。"慧智出有大伪"，承上讲述"社会现象"。又版本："大道废安有仁义"，"安"作"乃""才"讲，与原义同，符合文意。

本章明言，各种社会现象；隐言，社会哲理，并据理认知社会本质。

十九章原文

绝智弃辩，民利百倍；绝伪弃诈，民复孝慈；绝巧弃利，盗贼无有。此三者以为文不足，故令有所属：见素抱朴，少私寡欲，绝学无忧。（一、三句取简本，王弼本为"绝圣弃智""绝仁弃义"）

大意

弃绝智巧心机和巧言善辩,人民可以得到百倍的好处;杜绝摒弃伪诈,人民才能恢复孝慈的天性;抛弃技巧和利器,盗贼就自然消失。这三条作为法则是不够的,所以要使人们有所从属:恢复本性、保持淳朴;减少私心、恬淡欲望;抛弃伪学,才没有忧患。

体悟:弃绝智巧心机和花言巧语,人们归于简朴。无欲、有欲,私心、公心,同出一源。无私成私;不欲以静,天下将自正。

本章明言,绝弃和所属;隐言,复根守本,自然去除私欲,社会自然回归美好境地。

二十章原文

唯之与阿,相去几何?善之与恶,相去若何?人之所畏,不可不畏。荒兮,其未央哉!众人熙熙,如享太牢,如春登台。我独泊兮,其未兆,如婴儿之未孩;傫傫兮,若无所归。众人皆有余,而我独若遗。我愚人之心也哉!沌沌兮!俗人昭昭,我独昏昏。俗人察察,我独闷闷。澹兮,其若海;飂兮,若无止。众人皆有以,而我独顽且鄙。我独异于人,而贵食母。

大意

应诺与阿斥,相差有多少?善良与丑恶,相差有多远?人人所惧怕的,不可不怕。广阔无边啊,哪是尽头?众人都兴高采烈,好像参加盛大的宴席,好像春天登台眺望美景。唯独我自己淡然无动于衷,好像还不会发笑的婴儿。疲倦啊，像是无家可归！众人都有余，只有我好像什么也没有，我真是愚人的心肠啊。混混沌沌啊！人们都是那么清醒，我却迷迷糊糊；人们是那么精明，我却什么也不知道。辽阔无边啊，像茫茫大海；无休无止啊，如大风不停。众人都有能耐，唯独我愚笨无能。唯独我和人们不一样，因为我是以守道为贵。

体悟：圣人与众人生存方式相差甚远，没有这种差距，圣人又怎么会成为圣人？有了这种差距，又如何"同其尘"？以百姓心为心？

再回看十五章，为道者的七种品质，是不是丰满了守道者的形象？为道者求同不求异，求理性发展，不图感官愉悦；众人则不然。

本章明言，圣人与众人对比，突出圣人的理性；隐言，道对人的内化作用，你守道了，人人皆可为圣。

二十一章原文

孔德之容，惟道是从。道之为物，惟恍惟惚。惚兮恍兮，其中有象；恍兮惚兮，其中有物；窈兮冥兮，其中有精，其精甚真，其中有信。自古及今，其名不去，以阅众甫。吾何以知众甫之状哉？以此。

大意

所有的大德，都与道相随。大道"为物"，情景如下：恍恍惚惚，没有固定的形体；惚啊恍啊，惚恍之中却有无形之象；恍啊惚啊，恍惚之中却有无形之物；深遂玄冥啊，其间有精质，这种精质十分真实，同时十分信验。从古到今，它的名字没有离去，根据它能认识万物的源始。我怎么会知道万物的源始呢？就是根据这。

体会：本章言道与德的关系和道"为物"（理解为"生物"）的情景。"道之为物"，帛书作"道之物"，道不是物。"道之为物"，不是写道，是写道"为物"（产生"物"）的情景。"之"破主谓结构关系，"道之为物"充当主语，谓语是"惟恍惟惚"。将道作为物，物为形而下，又如何生出他物？

"象、物、精、信"，"有象、有物"是为物所见，无象之象、无物之物；"有精、有信"，"一"中存真实精质，包含"程序""规则"（"信"）。

"自古及今，其名不去"，古时道即"无名"，"无名"便是其名。道自始至终没有离开过，故可以凭此推知万物的本原本始。

本章明言，道为物的过程情景和据道可知万物本始；隐言，大道构造和大道认知法则之一。

二十二章原文

曲则全，枉则直，洼（漥）则盈，敝则新，少则得，多则惑。是以圣人抱一为天下式。不自见，故明；不自是，故彰；不自伐，故有功；不自矜，故（能）长。夫唯不争，故天下莫能与之争。古之所谓"曲则全"者，岂虚言哉？诚全而归之。

大意

委曲才能保全，弯屈才能伸直；低洼才能充盈，破旧才能生新；少取才能得到，多得反而迷惑。因此圣人"抱一"作为天下范式。不自我显现，才能看得分明；不自以为是，才能是非昭彰；不自我夸耀，才显得有功；不自高自大，才能保持长久。正因为不与人争，所以天下没有人能与他相争。古时所说的"委曲才能保全"，怎么会是空话呢！的确是可以实现的。

体悟：曲则全是古语，也是真理。宇宙几乎由"曲"构成，星球的外形，星球运行的轨道；就连单向驰行的时间，随着空间的扭曲，也成为"曲"了。

《老子》中只有"抱一"，没有"执一"；"执一"多见于其他道家（如庄子、管子）和法家（如荀子、韩非子）。

本章明言，哲理和圣人之德；隐言，天机："曲"归纳了所有自然现象和社会现象。

二十三章原文

希言自然。故飘风不终朝，骤雨不终日。孰为此者？天地。天地尚不能久，而况于人乎？故从事于道者，同于道；德者，同于德；失者，同于失。同于道者，道亦乐得之；同于德者，德亦乐得之；同于失者，失亦乐得之。信不足焉，有不信焉。

大意

少说话是合乎自然的。狂风刮不了一个早晨，骤雨下不了一整天。狂风骤雨是谁所为？是天地。天地还不能持久，更何况于人呢？所以凡是从事于道的人：守道的就合于道，守德的就有德，失道失德的就无道无德。与道相同的人，道和他同在；与德相同的人，德也与他相伴；失道失德的人，就失去了根本。诚信不足，自然就有不信任。

体悟：希言自然，是"无为"之表现；"悠兮其贵言"就是参照天公的无为之行。

种瓜得瓜，事道得道。失道失德，丧失天良，自取灭亡。

本章明言，自然希言和同道得道；隐言，无为的根据和上士、中士、下士出于"道"的标准。

二十四章原文

企者不立，跨者不行，自见者不明，自是者不彰，自伐者无功，自矜者不长。其在道也，曰：余食赘行。物或恶之，故有道者不处。

大意

踮起脚跟（想站得高）是站不稳的，故意跨大脚步（想行进得快）无法走远路。自我表现的人，认知不清；自以为是的人，是非不明；自我炫耀的人，反而无功；自高自大的人，是不能维持长久的。从道的观点来看，这些就如剩饭和赘瘤。谁都讨厌它，所以有道的人不会这样做。

体悟：踮起脚跟，站不稳——因为不是自然态；跨大脚步，走不远——因为不协调。然而，在人生中，有时要踮起脚跟，有时要跨步前行。这是非常态。

企与跨，自见、自是、自伐、自矜皆是多余的行为，虽"美"也无用，余肴也。

本章明言，社会现象中的种种多余行为，以道为标准来判定；隐言，依道而行，脚踏实地，这才是为人之本。

二十五章原文

有状（物）混成（简本作"状"），先天地生。寂兮寥兮，独立不改，周行而不殆，可以为天下母。吾不知其名，字之曰道，强为之名曰大。大曰逝，逝曰远，远曰反。

故道大，天大，地大，王亦大。域中有四大，而王居其一焉。人法地，地法天，天法道，道法自然。

大意

无状之状，混然一体，产生于天地之前。无声无形，寂静而空虚，独立长存；循环运行，永不衰竭。它就是天下万物之"母"。我不知道它的名字，给它起个"字"叫"道"，并勉强给它起个名叫作"大"。大道运行不息，运行不息而达辽阔旷远，达辽阔旷远终又回归。所以说道大、天大、地大、王也大。域空中有四大，而王是其中之一。人以地为法则，地以天为法则，天以道为法则，道以自己使然（自根自本）为法则。

体悟：本章是对大道法则和时空关系的阐述。"有状混成"，取自简本。王弼本作有物混成。"一"态的道不是物，故不取"有物混成"。《老子》中的物，是

181

形而下，不是我们现在所称的"物质"。实际上，道所生的"一"，便是"物质了"。

道无名，任何名字都不适合它，故说"免强"给它取名。"域中有四大"，"域"不同于"天"，因为天外有天；域是道所及的空间。"四大"，即四个道：恒道、天道、地道和王道。"王道"是社会的规则，而"人道"没有这层意思。

"大曰逝"，大即大道；逝是时间，与道同在。这里指时间运行。"逝曰远"，随着时间运行，空间在拓展。"远曰返"，空间旷远，最终回归（指时空）。此三句可视作"互文"，是对时空的具体描述。

"人法地"，只能用"人"；"道法自然"，自然是两个词，自己使然；庄周译"自根自本"是很简洁的。

本章明言，大道的特性和法则；隐言，大道自根自本，绝对独一，时空就在大道中。

二十六章原文

重为轻根，静为躁君。是以君子终日行不离辎重，虽有荣观，燕处超然。奈何万乘之主，而以身轻天下？轻则失根，躁则失君。

大意

重是轻的根本，静是动的主宰。因此，君主终日行走不离载重车辆，虽有华美的生活，安居泰然。为什么身为大国的君主，会如此轻率地躁行呢？轻率就会丧失根本，躁行就将丧失主宰。

体悟：重轻、躁静对举；"以身轻天下"，将自己的身体轻率地行于天下（并非言"生命重，天下轻"）。作为国君，要稳重，不能轻率；要宁静，不能躁动。"以身轻天下"，对己身来说十分危险；如此躁动，对于国家主权来说，也很不安全。

本章明言，重轻、静躁之关系和圣君轻行于天下的后果；隐言，有为对国家和人民带来的灾难。

二十七章原文

善行，无辙迹；善言，无瑕谪；善数，不用筹策；善闭，无关楗而不可开；善结，无绳约而不可解。是以圣人常善救人，故无弃人；常善救物，故无弃物。是谓袭明。故善人者，不善人之师；不善人者，善人之资。不贵其师，不爱其资，虽智大迷，是谓要妙。

大意

顺应自然而行，不留辙迹；善于言语，毫无瑕疵；天道善谋，不用筹码；心门关闭，不用栓销却无法打开；善于打结的，不用绳索捆绑却无法解脱。因此，圣人总是做到人尽其才，没有废弃的人；总是做到物尽其用，没有废弃的物品；这就叫作内藏的聪明智慧。所以，善人是不善人的老师，不善之人是善人的借鉴。不尊重老师，不爱惜借鉴，虽自以为聪明，其实很糊涂。这就是精要的玄妙之理。

体悟：善行，符合大道之行，顺应自然而行；再善于说话的人都会有瑕疵，只有"不言之言"才无瑕疵，希言自然；心算不用筹码，天道运行也是如此；心门关上，谁能打得开？"事实婚姻"，没有"绳约"（结婚证），厮守终身。此五者皆言"大道之理"，顺应自然之为。

善人与不善人，以道为标准。合道者为善。因为"大制无割"，故善与不善，同时存在，相对而言。

本章明言，善为、袭明、要妙；隐言，善为乃大道之为，袭明是圣人用器之道，大制无割才是要妙。

二十八章原文

知其雄，守其雌，为天下溪；为天下溪，常德不离，复归于婴儿。知其白，守其黑，为天下式；为天下式，常德不忒，复归于无极。知其荣，守其辱，为天下谷；为天下谷，常德乃足，复归于朴。朴散则为器，圣人用之，则为官长，故大制无（不）割。

大意

知道什么是雄强，却安守柔雌，甘做天下的沟溪；甘做天下的沟溪，永恒的德就不会离失，回归到婴儿的状态。明知什么是明亮，却安守晦暗，甘做天下的范式；甘做天下的范式，永恒的德就不会丢失，回复到最初的无极状态。明知什么是荣耀，却安守屈辱，甘愿做天下的川谷；甘做天下的川谷，永恒的德才会充足，回归到纯朴的状态。纯朴分散就成为器物，圣人利用他们成为首领。所以，大道制御是完整一体没有割裂自然的。

体悟:"知"要整体,"行"却从其一端而入。知"雄""白""荣",行却从其相对应的"雌""黑""辱"而守。大道之奥:知行无割,雄雌无割,黑白无割,荣辱无割;常德为成功之本,复归是成功之基。复归于朴,才有器物,有器物才有用,圣人用之得天下。

知行关系密切。知是为了行,行了有真知;真知而后为,发展可持续。

本章明言,知守为,知雄、白、荣,守雌、黑、辱,为溪、式、谷和大制无割论。隐言,大道相对论,对立的两方面,是一个统一的整体。必相生相化;大道处世观,处其柔弱一方,人生没有风险。

二十九章原文

将欲取天下而为之,吾见其不得已。天下神器,不可为也,为者败之,执者失之。夫物或行或随,或歔或吹,或强或羸,或挫或隳。是以圣人去甚,去奢,去泰。

大意

想要取得天下,并想任意作为,我看是做不到的。天下是神圣的器物,是不能任意作为的。任意作为就要失败,想要把持就要丢失。一切事物必在如下行列:有前行的,有后随的;有缓嘘的,有急吹的;有的强壮,有的羸弱;有的受挫,有的摧毁。所以圣人要去掉极端的、奢侈的、过分的。

体悟:用有为的方法治理天下,是不会成功的。天下是神圣之物。人有各种品性：有的喜欢打头阵，有的喜欢随大流，有的喜欢缓缓而行，有的喜欢速战速决，有的强健有力，有的软弱无能，有的致力于建树，有的乐于破坏。圣人要因物顺性自然而为，因势利导，守持中道，舍弃过度、激烈的偏激行为（去甚、去泰），这样方可天下治。

本章明言，天下是神器，万物有个性，圣人故守中。隐言，欲取天下，要知万物之性，并随性用之，自然而成。

三十章原文

以道佐人主者，不以兵强天下，其事好还。师之所处，荆棘生焉。大军之后，必有凶年。善有果而已，不敢以取强。果而勿矜，果而勿伐，果而勿骄，果而不得已，果而勿强。物壮则老，是谓不道，不道早已。

大意

用道辅助君王的人，不用兵力在天下逞强。用兵逞强，会得到报应：军队驻扎过的地方，就会长满荆棘；大战之后，必定饥荒。善于用兵的只求有个好结果就行了，不敢用兵来逞强。有了好结果，不要自高自大；有了好结果，不要夸耀；有了好结果，不要骄傲；有了好结果，要意识到那也是出于不得已；有了好结果，千万不要逞强。事物壮大了就会衰老，这就叫不合乎道的规律，不合乎道就会很快消亡。

体悟：用兵乃"不得已"。勿矜、勿伐、勿骄、勿强，都是为说明"不得已"。法律诉讼也一样。

"物壮则老"句，写军队强大好胜轻敌，最终走向灭亡；呼应"兵强则不胜"。

本章明言，战争的危害，用兵逞强必败；隐言，以力取天下，不可取，不合道。

三十一章原文

夫佳兵者，不祥之器，物或恶之，故有道者不处。君子居则贵左，用兵则贵右。兵者，不祥之器，非君子之器，不得已而用之，恬淡为上。胜而不美，而美之者，是乐杀人。夫乐杀人者，则不可以得志于天下矣。吉事尚左，凶事尚右。偏将军居左，上将军居右。言以丧礼处之。杀人之众，以哀悲泣之；战胜，以丧礼处之。

大意

再好的兵器也是不吉利的东西，谁都厌恶它，所以有道的人不仰仗它。君子平时以左边为上位，打仗时就以右边为上位。兵器是不吉利的东西，不是君子的器物，不得已才用到它，恬淡为好。胜利了也不要看成美事，如果看成美事，就是喜欢杀人了。喜欢杀人的人，就不可能得志于天下。吉庆事以左边为上，凶丧事以右边为上。偏将军在左边，上将军在右边，就是说用办丧事的规矩来对待它。战争杀人众多，要带着悲哀的心情祭祀；就是战胜了，也要用办丧事的礼节来对待它。

体悟：本章有学者（如王力）认为是后人所增，写入许多"礼"的内容；但主题与老子思想一致。再好的武器也是不祥之器。兵者不得已而用之，照应上一章"果而不得已"。胜仗庆典，以丧礼处置，是说"凶事"。乐杀人，不可得志天下，进一步说明，天下是"神器"。人类最终将消灭战争，"虽有甲兵，无所陈之"（八十章）。

本章明言，兵者不祥和战事之礼；隐言，对待生命的态度，决定自己的存亡。为了自己的生存，行为要合道。

三十二章原文

道常无名。朴，虽小，天下莫能臣也。侯王若能守之，万物将自宾。天地相合，以降甘露，民莫之令而自均。始制有名，名亦既有，夫亦将知止，知止可以不殆。譬道之在天下，犹川谷之于江海。

大意

道永远没有名字。就是在最初的"朴态"，即使很小，天下也没有谁能支配它。侯王如果能守着它，万物将会自动宾从。天地之气相合，就会降下甘露，没有人命令它，却自然均匀。开始有制度就有名称，有了名称，就要适可而止。知道适可而止，可以避免危险。道在天下，就像溪流河水流注江海，充溢江海。

体悟：道永远无名，永远作为构成万物的"朴材"；然而，天下没有谁能够叫它称臣。甘露均匀，是自然规律；万事兴起，就有各种名称，这是社会规律；万事适可而止，没有危险。

道就像河川溪水存在于江海的每一处。道无处不在。

本章明言，道无名，虽然小，却为主；臣服道，万事顺；道无处不在。隐言，大道规律，具有可复制性。

三十三章原文

知人者智，自知者明。胜人者有力，自胜者强。知足者富，强行者有志。不失其所者久，死而不亡者寿。

大意

能认知别人的叫作智慧，能认知自己的叫作明智；能战胜别人的叫作有力，能战胜自己的叫作强大；知道满足，才是真正的富有；坚持力行，就是有志气；不迷失本性，才能长久；死而不亡的，才是真正的长寿。

体悟：本章，可以理解为具有远大目标的人生规划：知人，自知，立志（强行），胜人，自胜，知足（不殆），不迷失本性（不忘本），流芳千古（死而不亡）。

本章明言，人生哲理，知行智慧；隐言，大道的超越性，知道为道是人生最高智慧，使人超越了生死。

三十四章原文

大道泛兮，其可左右。万物恃之以生而不辞，功成而不名有。衣养万物而不为主，常无欲，可名于小；万物归焉而不为主，可名为大。以其终不自为大，故能成其大。

大意

大道泛滥域中,可左可右,无所不到。万物依靠它生长,没有推辞;完成功业,它不据为己有;养育了万物,而不主宰万物。永远没有私欲,可称为渺小;万物归附它而不自以为主宰,可以称之为伟大。因为它从不自以为大,所以才能成就伟大。

体悟:大道遍及整个域中,玄德伴随生养万物。它可名于小(不为主),又可名于大(万物归焉);因其终不自为大,所以成就了它的大。"圣人终不自为大,故能成其大"(六十三章),理论根据就源于此。

本章明言,大道泛行宇宙,既小又大,因不为大,成就了大。隐言,大道绝对真知;心在为小,积德不休,成就大业。

三十五章原文

势(执)大象,天下往。往而不害,安平太。乐与饵,过客止。道之出口(言),淡乎其无味,视之不足见,听之不足闻,用之不足既。

大意

拥有"大道法象"之气势,天下人都会归往。归往而不会有妨害,大家就和平安泰。音乐与美食,能使行人停下匆匆脚步。道说出来,却淡而无味。看也看不见,听也听不到,用它却用不完。

体悟:大象不可执(四十五章:大象无形),故取楚简本"势大象",大道法象之气势,是说大道之行,天下归往。

大道看不见，听不到，是说未悟道者感觉不到它的存在。故有"百姓日用而不知"的说法。

本章明言，大道法象，引人向往，因为利而不害；音乐美食，很是诱人，作用哪比得上无声无味的大道。隐言，大道的超常作用，给人宇宙正能量。

三十六章原文

将欲歙之，必固张之；将欲弱之，必固强之；将欲废之，必固兴之；将欲取之，必固与之。是谓微明。柔弱胜刚强。鱼不可脱于渊，国之利器不可以示人。

大意

想要收敛的，必先扩张；想要削弱的，必先强盛；想要废弃的，必先兴盛；想要取得的，必先给予。这叫作微妙精深的预见。柔弱会战胜刚强。鱼不能离开深潭，国家的利器不能轻易公示于人。

体悟：本章揭示了四条微妙精深的预见规律：收敛之前张扬，衰弱之前强盛，废除之前兴举，取得之前给予。有人理解为"阴谋"，实属误解；有人说是"阳谋"，也许接近。

大鱼生存不能离开深渊，国家的利器不可以轻易耀示于人。利器者何？定国安邦的秘密武器。

本章明言，微明之规律，利器不可公开之道理。隐言，大道相对循环律，弱者道之用；国之生态被破坏，必将导致灭亡。

三十七章原文

道常无为而无不为。侯王若能守之,万物将自化。化而欲作,吾将镇之以无名之朴。无名之朴,夫亦将不欲。不欲以静,天下将自定(正)。

大意

道永远无为而无不为。侯王如果能守持它,万物将自动归化。归化后如果有欲望发作,就用"无名之朴"来镇服它。无名之朴,使人少私寡欲。内心安宁,这样,天下将自然稳定。

体悟:无为,顺应自然、没有人为意志的行为;无不为,没有什么事情不是它所为。有人将"无为而无不为"解作"表面上什么都不做,背地里什么都干",实是歪曲。

自醒是悟道之本,自化是无为之要。化而欲作(有反弹,私欲膨胀),仍然以道镇之,为什么说"镇"? 说明了道的威力。欲灭人欲,或叫禁欲,禁不了,灭不掉,因为那是天性。然而,私欲膨胀,却是人为。根本之法是自觉淡化私欲。

本章明言,以道治身、以道治国。隐言,自醒是知行之本,自醒才能则道。

三十八章原文

上德不德,是以有德;下德不失德,是以无德。上德无为而无以为;上仁为之而无以为;上义为之而有以为;上礼为之而莫之应,则攘臂而扔之。故失道而后德，失德而后仁，失仁而后义，失义而后礼。夫礼者，忠信之薄而乱之首。前识者，道之华而愚之始。是以大丈夫处其厚，不居其薄；处其实，不居其华。故去彼取此。

大意

上德之人不为显摆有德而行德，所以实际上是有德。下德之人自我死守所谓德，生怕失去德，实际上是没有德。上德顺应自然而无意作为，上仁顺应自然而有意作为，上义有所作为并有意表现，上礼有所作为却得不到响应，于是伸出胳膊拉人为伍。所以失去了道以后才有德，失去了德以后才有仁，失去了仁以后才有义，失去了义而后才有礼。礼这个东西，是忠信的不足、祸乱的开始。所谓有先见之明的人，是道的虚华、愚昧的开始。因此，大丈夫立身淳厚而不居于浅薄，存心朴实，而不在于虚华。所以要舍弃后者采取前者。

体悟：上德合道，有德；其行为符合自然，并无心作为。下德图形式，不合道，无德。上仁之人的作为出于无意，上义之人的作为是有意行为。

失道是道的淡化，于是德补偿；德淡化，仁补偿；仁淡化，义补偿；义淡化，礼登场——礼是道之花，好看而浅薄，离道（朴实）甚远。故说忠信不足。大丈夫居实，大道才是"实"。

前识者，从文到质，本末倒置，不从实际出发，故曰"愚"。

本章明言，道德仁义礼及其关系，大丈夫必须守根本。

隐言，大道的递弱，以仁义礼作为补偿，只是逐末，不解决根本问题；关键是复守道，以上德立身，这样才能摆脱不良循环。

三十九章原文

昔之得一者：天得一以清；地得一以宁；神得一以灵；谷得一以盈；万物得一以生；侯王得一以为天下贞。其致之也：谓天无以清，将恐裂；地无以宁，将恐废；神无以灵，将恐歇；谷无以盈，将恐竭；万物无以生，将恐灭；侯王无以贞，将恐蹶。故贵以贱为本，高以下为基。是以侯王自称孤、寡、不谷。此非以贱为本也！非乎？故致誉无誉。是故不欲琭琭如玉，珞珞如石。

大意

自古以来，凡是得到一的：天得到一就清明，地得到一就安宁，神得到一就有灵，谷得到一就充盈，万物得到一就繁衍滋生，侯王得到一就能为天下的首领。相反的：天不能保持清明，恐怕要破裂；地不能保持安宁，恐怕要废弃；神不能保持灵验，恐怕就要消失；谷不能保持充盈，恐怕要枯竭；万物不能繁衍滋生，恐怕要灭绝；侯王不能保持清正，恐怕要垮台。所以，贵以贱为根本，高以下为基础。侯王自称为"孤家""寡人""不谷"。这不是以贱为根本吗？难道不是这样吗？

所以，追求过多的荣誉就没有了荣誉；不做高贵华美之玉，要做坚实质朴之石。

体悟：本章论"一"的作用（道的作用）。天、地、谷、人从万物中单列出来，可见其重要。

道、德、一，它们之间是什么关系？很多注释，"一"指道。一是道所生（道生一），人们是从"一"才开始认知"道"的。德是万物从道中吸纳的部分，也可称为"道"，比如"天德"可称为天道（此时，道和德是相通的）。

"一"被万物吸纳万物生（有了道、有了德）；失去"一"（失去道、失去德），万物灭。在这个意义上，道、德、一是相通的。

本章明言，"一"对万物的作用；隐言，道是如何成就了各种大器的。

四十章原文

反者道之动，弱者道之用。天下万物生于有，有生于无。

大意

向相反的方向变化、循环往复是道的运动规律；保持柔弱是道的作用，道之体不可认知而被称作"无"。天下万物生于有形之物，而有形之物却生于无形之物。

体悟：本章在八十一章中，是字数最少的一章（仅二十一字）。本章论道之动静和体用。显写道之动，隐写道之静；显写道之用，隐含道之体。我在理解时，补

进了两句,见下:

反者道之动,复者道之静(根据十六章"归根曰静");

弱者道之用,无者道之体(根据十四章"无状之状、无物之象")。

补上"复者道之静",反的意思就单一了,即向相反的方向运动(如俗语"道者倒也");同时道动的完整过程得以描述。补上"无者道之体",体用兼备,更易理解。

有生于无科学解:根据广义相对论道生时空之后,必定产生量子涨落,又根据希格斯场对称性破缺原理,物质产生,无中生有。

本章明言,道的反向运动的规律和道的作用以及有生于无。隐言,道循环反复的运动规律和道以无为体以及无生有的绝对真理。

四十一章原文

上士闻道,勤而行之;中士闻道,若存若亡;下士闻道,大笑之。不笑不足以为道。故建言有之:明道若昧,进道若退,夷道若类。上德若谷,广德若不足,建德若媮,质真若渝。大白若辱,大方无隅,大器免(晚)成,大音希声,大象无形。道隐无名。夫唯道,善贷且成。

大意

上士听说了道的理论,就积极努力践行;中士听说了道的理论，将信将疑，忽行忽停；下士听说了道，就哈哈大笑，不被嘲笑那就不能称作道了！所以古人立言时说过：光明的"道"好像暗昧，前进的"道"好像后退，平坦的"道"好像崎岖。崇高的"德"好像峡谷，广大的"德"好像有不足，刚健的"德"好像有些怠惰，质地纯净坚贞好像是游移不定。大洁白似有污垢，大方反而没有边角，大器并非烧制而成，大音听起来无声无息，大象看起来无形无状。"道"幽隐而无名，只有"道"，才善于辅助万物、成就万物。

体悟：上士、下士、中士是以对道的认同度标准来划分的。建言三大内容：一是写道之品质：明暗无割、进退无割、平岖无割；二是写德，四德迷离；三是写道之音貌形象，"五大"即道。"建言"，要用辩证思维方可理解。实则写行道者。最后总述道的作用。

本章明言，士者为道和道的品质以及五大之象，道关于成就万物。隐言，道的认知困难和道的五种音貌形象以及道可成就人，只要你勤而行之。

四十二章原文

道生一，一生二，二生三，三生万物。万物负阴而抱阳，冲气以为和。人之所恶，唯孤、寡、不谷，而王公以为称。故物或损之而益，或益之而损。人之所教，我亦教之。强梁者不得其死，吾将以为学（教）父。

大意

大道自生为一，一分生为二，二合生为三，三化生为万物。万物背对阴，而正抱阳；在时空中阴阳交冲中和，万物得以健康成长。人们所厌恶的就是"孤家""寡人""不谷"这些词语，而王公们却用这些词语称呼自己。所以，一切事物贬损它却得到增益，增益它却受到贬损。人们所教导我的，我也用来教导别人："强暴的人得不到正常老死"。我要把这作为教学之本。

体悟：本章阐述"创生说"，是全文的精华之一。两千多年来，"创生说"的理解，随着文化的精进而变化。但道生万物仍旧没变，如何生?各有各的演绎。

其一，古人的注释。

"一"是混沌，"二"是天地，"三"是天地人，有了天地人，然后生万物。很明显，从盘古开天劈地演化而来。

"一"是混沌之气，"二"是阴阳，"三"是阴阳相冲之气，而后生万物。这是有了阴阳五行之后的解释。

"一"是无极，"二"是太极，"三"是四象，四象生万象（物）——这是依据周易理论的解释。

其二，道创生时空。

道是无，没有质量，没有体积，人们无法认知。老子的学生文子说："道始于一。"这句话的意思是，人们认识道是从"一"开始的。一是什么？众说纷纭。"一"，可以感知，但不能触见；可以同任何物质耦合；在物质未出现前就有了它，里面潜藏着运动规则。

(一) 道生一——创生时空

"一"到底是什么？是时空。"一"作为时空，称为"先天时空"，也可以称零时空。先天时空与后天时空不同，后天时空已被物质和物理场所融合、规定。先天时空是物理时空场之基。先天时空最接近的是希格斯场。将"一"理解为时空的几点理由：

1. 老子早就点明道即时空。《老子》二十五章："大曰逝，逝曰远，远曰反。"这句话的大意是：道就是时间，道就是空间，时空扩展到一定程度就会回归（过去人们大都解为时间的循环，时空合一之后，那种解释就显得不那么准确了）。

2. 爱因斯坦所描述的时空与老子的"时空"（先天时空）很吻合。牛顿在《自然哲学的数学原理》里论述了天体运行，因为万有引力。爱因斯坦相对论认为，天体的运行，是因为时空的弯曲。时空可以拉伸、压缩、卷曲。用惠勒的话来表述："时空告诉物质如何移动，物质告诉时空如何弯曲。"也正是相对论将时空这两个概念合二为一。时空拥抱物质，物质离不开时空。不存在没有物质的时空，也不存在没有时空的物质。

3. "一"与时空有许多相似点。首先是其大无外，其小无内，时空与"一"同也。

其次是功能相同。《老子》三十九章："昔之得一者：天得一以清；地得一以宁；神得一以灵；谷得一以盈；万物得一以生……"

这段话大意是：宇宙有了时空，天地才分明；地球有了时空，运行安其道；神灵有了时空，方能显神通；山谷因有时空，才有盈满可言；万物有了时空，才拥有生机。如果没有时空，能有什么？"一"都可以用时空代入，意思明确。

第三，"一"先于万物，时空先于万物。《老子》二十五章："有状（物）混成，先天地生。寂兮寥兮，独立而不改，周行而不殆，可以为天下母。"上文的"寂兮寥兮"，就是对先天时空的描述：既寂寞清净且空旷廖阔。

(二) 一生二——正负时空诞生

一生二，哲学层面理解为，阴阳出现。《周易》曰："一阴一阳之谓道。"这里的"道"指的就是"这个时期的道"（从"一"分化为阴阳）。就宏观而言，即先天时空出现分化。只要时空遵循广义相对论的方程，量子涨落就会发生，这意味着物质的产生。就微观而言，根据量子力学和弦理论，时空中出现零点量子涨落；超弦出现，并分为开放超弦和闭合超弦的运动，同时弦膜产生，时空区域开始"设定"。区域中虚粒子和实粒子活跃，正负电子出现，正物质和负物质产生；时空开始分化为正时空和负时空。实粒子产生实时空（正时空），虚粒子产生虚时空（负时空）。正时空物理场产生，时空弯曲初始态出现。

(三) 二生三——物理场、物质、意识出现正时空在分化过程中出现物理场：包括引力场、电磁场、核力场等；在不断聚集中场意识出现，实际上，场意识早已存在，此时显化。于是，运动成了有意识的运动。这是从宏观而言。就微观而论，这"三"是多样的，只有三的多样性，才有万物的多样性。粒子演化的强子、轻子和传播子，电子、质子和中子；中微子、夸克、玻色子；基本粒子、原子和分子；引力子、光子、胶子——继续存在；一对正、反粒子相碰可以湮灭，变成携带能量的光子，即粒子质量转变为能量。

负时空中，聚集众多虚粒子，形成暗能量、暗物质、初始黑洞。

（四）三生宇宙——星云、星团、星系生成

《老子》二十一章对道生万物过程进行了描述："道之为物，唯恍唯惚。"这恍惚之态就是"三生万物"的情景。

宏观而论，多种场的交合产生诸多不同的物质。星云、恒星、行星、卫星生成。自然形成各自的轨迹，构建了星系，各星系组建了宇宙。

我们再从广义相对论来理解宇宙天体的运行，天体占据时空场，使时空弯曲，而后沿着弯曲的空间顺势而行（也可这样表述，时空场顺着天体弯曲，天体沿着时空弯曲线路绕行）。星系运行结构同时完成。

（五）构建宇宙均衡体系

天体拥抱时空，时空顺势弯曲，自然形成各自的轨迹，构建了太空宇宙。没有负时空，这种均衡很难完成。"万物负阴而抱阳，冲气以为和。"有人将"气"解为"场"，在虚空场（暗能量与暗物质）交冲中，宇宙构建平衡体系。 实质上，电磁力起着相当重要的作用。

本章明言，道生万物，万物冲气而健康成长，以及强梁不得其死。隐言，道生一，道在一中；一生二，道在二中；二生三，道在三中；三生万物，道在万物中。万物因和而生，不和，不合常；强梁不合道，故不得正终。

四十三章原文

天下之至柔，驰骋天下之至坚。无有入无间，吾是以知无为之有益。不言之教，无为之益，天下希及之。

大意

天下最柔弱的东西，能穿透天下最坚硬的东西。无形的力量能进入没有空隙的物体。我因此认识到无为的益处。无言的教导，无为的益处，天下极少可以相比的。

体悟：无形的存在是柔弱也是最强大的，无有可以进入无间（没有空隙的物体）。这是将"一"理解为"时空"的最好的根据。

不言之教，无为之益，天下希及之；不言之教，无为也。

本章明言，柔弱与无形的力量，因此认知无为的益处。

隐言，道就是那无形的力量，它存在于任何有形物中。与道生一，一为时空相吻合。

四十四章原文

名与身孰亲？身与货孰多？得与亡孰病？甚爱必大费，多藏必厚亡。故知足不辱，知止不殆，可以长久。

大意

名声与身体相比哪个更亲？身体与财物相比哪个更重要？得到和失去哪个更有害？所以，过分的吝惜必招致更大的破费，丰厚的储藏必定造成严重的损失。知道满足，就不会遭到屈辱；知道适可而止，就不会有危险，可以保持长久。

体悟：名与身，身与物，得与失——哪个必需？哪个重要？哪个有利？哪个有害？只有知足，才对自身有利；否则，都有危险。

本章明言，身体、财物、名誉三者的得失，只有知足、知止才无殃。隐言，人生名利得失的知行关系，知应知足，行当知止。

四十五章原文

大成若缺，其用不弊。大盈若冲，其用不穷。大直若屈，大巧若拙，大赢若绌（帛书本，王弼版本作"大辩若讷"）。躁胜寒，静胜热。清静为天下正。

大意

大道完美，好似有残缺，故其作用不竭；大道盈满，好似有空虚，因此作用不会穷尽。平直的大道好像弯曲，灵动的大道好象很笨拙，丰盈的大道好像很不足。躁动可以御寒，清静可以耐热；清净无为，天下可归正道。

体悟：大即道。清净无为，天下归正道，同时可得到"五道"。

本章明言，"五大"的哲理，清静的作用。隐言，因为无为，天下正矣。大道因为其无为，故无不为。

四十六章原文

天下有道，却走马以粪；天下无道，戎马生于郊。罪莫大于可欲，祸莫大于不知足，咎莫大于欲得。故知足之足，常足矣。

大意

天下有道时，战马都用来耕地；天下无道时，怀孕的母马也要上战场驰骋，以致在战场上生驹。最大的罪恶，是欲望的膨胀；最大的灾祸，是不知道满足；最大的过失，是贪得无厌。所以，知道满足的满足，才会得到永久的满足。

体悟：天下有道，太平；天下无道，战乱。何？"欲"之膨胀，罪恶生。"罪莫大于可欲"，帛书本有此句，当保留。

"知足之足，常足矣"，只有知足，才是真正的满足。与四十四章相照应。

本章明言，有道，和平；无道，战乱。起因是欲望之膨胀，不知足。隐言，欲可欲，非恒欲；无欲虚极静笃常知足，有欲躁起动撩万事生。

四十七章原文

不出户，知天下；不窥牖，见天道。其出弥远，其知弥少。是以圣人不行而知，不见而名，不为而成。

大意

不出大门，就能知道天下的事理；不望窗外，就能知道天道运行的规律。走出去越远，知道的就越少。所以圣人无需出行而能感知，无需亲眼所见就能知晓事物并加以称述（名之），只是顺应自然（不是亲自作为）就能成就大事。

体悟：本章言圣人认知的特殊性。圣人不出户，何以知天下？以天下观天下（五十四章）。不窥牖，何以见天道？"御今之有，能知古始"（十四章）。这两条，是圣人认知的"法宝"。

本章明言，圣人不出户，知天下；不见而明，不为而成。

隐言，圣人知行神器。悟道的圣人，以道"御今之有，知古始"，知本原本始（知其母），而后知其子。同时，辅万物之自然，成就万物。

四十八章原文

为学日益，为道日损。损之又损，以至于无为，无为而无不为。取天下常以无事，及其有事，不足以取天下。

大意

追求学问益处与日俱增，为道守道行为与日俱减。

减少再减少，以至于达到无为的境地；无为而无所不为，无所不成。治理国家，顺应自然，不生事、不扰民；如果扰民生事，国家就得不到治理。

体悟：为学是知，为道是行。为道之"行"，需要摒弃诸多不合道的行为，达到顺应自然的境地，从而没有不做的事，没有做不成的事。

如果扰民生事，就管理不好国家。

本章明言，为学、为道和治理天下之理。隐言，为学虽然好处颇多，知而不行无用；知道守道，用减法；治理天下同理。

四十九章原文

圣人无常心，以百姓心为心。善者吾善之，不善者吾亦善之，德善；信者吾信之，不信者吾亦信之，德信。圣人在天下，歙歙焉；为天下，浑其心。百姓皆注其耳目，圣人皆孩之。

大意

圣人没有自己不变的心思，以百姓的心思作为自己的心思。善良的人善待他，不善良的人也善待他（从而使人人从善），这叫"善德"；讲信用的人信任他；不讲信用的人也信任他（从而使人人诚信），这叫"信德"。圣人治理天下，无所偏执，为天下百姓浑朴其心，百姓都专注于自己的生活（所见所闻），圣人将百姓当作孩子对待。

体悟：圣人没有恒久不变的心（无恒心），因为他的心思是随着百姓的心思变化而变化。圣人坚持的两大德行，一是善德，二是信德。善良的人、不善良的人，都善待他；诚信的人、不诚信的人，都以诚相待。因为他有慈爱之心，将百姓当作孩子来看待。

本章明言，圣人以百姓为中心，一视同仁。隐言，圣人以道教化，以慈待人，以无私立天下。

五十章原文

出生入死。生之徒，十有三；死之徒，十有三；人之生，动之于死地，亦十有三。夫何故？以其生生之厚。盖闻善摄生者，陆行不遇兕虎，入军不被甲兵。兕无所投其角，虎无所措其爪，兵无所容其刃。夫何故？以其无死地焉。

大意

出死地生，入死地死。长生的占十分之三，短命的占十分之三，本来可以长生，自己走向死亡的也占十分之三。这是为什么？因为追求好生活的欲望太强烈了。

据说善于养护生命的人，他们在陆地上行走不会遇到犀牛和老虎，在战场上不会遭到武器伤害。因为未遇犀牛和老虎，犀牛用不上角，老虎用不上爪，兵器也用不上它的刃。这是为什么？因为他没有进入死亡地带。

体悟：本章老子论生死。春秋时期，人的正常死亡率是很高，约占人口的30%；非正常死亡率，也占了30%。这些人要么养生过度，要么为了追求好生活铤而走险，导致丧生。

善于养护生命的人,仅占10%。他们为什么不会进入死亡地带?因为他们善养生命(详见五十五章)。

本章明言,论生死,论摄生。隐言,无欲无灾,厚德天祐。

五十一章原文

道生之,德畜之,物形之,势成之。是以万物莫不尊道而贵德。道之尊,德之贵,夫莫之命而常自然。故道生之,德畜之,长之育之,亭之毒之,养之覆之。生而不有,为而不恃,长而不宰,是谓玄德。

大意

道生万物,德养万物,物性形成各物,内外环境成就万(各)物。因而万物没有不尊重道和珍贵德的。道之所以被尊重,德之所以被珍贵,就在于它对万物不加干涉而任其自然生长。所以道生长万物,德养育万物,使万物得到生长和发育,使万物得到安定和保护,使万物得到繁殖与养育,生养了万物而不据为己有,帮助了万物而不自恃有功,使万物成长而不自以为主宰,这就是"玄德"(幽深玄妙之德)。

体悟:本章论万物生长四程序:道生、德养、物形、势成。物性使万物显现其形,内外之"势"成就万物;内势是万物生长之趋势(内动力),外势是气候、温度等环境因素。

"玄德"——不占有、不自恃、不主宰;深矣、远矣、与物反矣——乃致和顺(六十五章)。

本章明言，道生德蓄万物生长全过程，显示道遵德贵。隐言，道生万物，德蓄养万物，是自然行为。

五十二章原文

天下有始，以为天下母。既得其母，以知其子；既知其子，复守其母，没身不殆。塞其兑，闭其门，终身不勤；开其兑，济其事，终身不救。见小曰明，守柔曰强。用其光，复归其明，无遗身殃，是谓袭常。

大意

天下事物都有个本始，这个本始就是天地万物的根源。已经得知了万物的根源，就能认识万物；已经认知了万物，回归坚守万物的根本，这样终身就没有危险。塞住孔窍，关闭门户，终身没有劳烦之事；敞开孔窍，任其逞欲、滋生纷扰，终身不可救治。察见细微叫作明，保持柔弱叫作强。有了光亮，返照发光之本明（光而不耀），不给自身带来灾殃，这就是承袭永久的恒道。

体悟：我们从大道中认知了万物，就要守道笃行，这样终身没有危险。有了光亮，复归其明，方可长久。

一切皆在无欲中，守道而化欲。

本章明言，得母知子，塞兑闭门，复归其明。隐言，少私寡欲，复归其根，复明察见，人生安泰。

五十三章原文

使我介然有知，行于大道，唯施是畏。大道甚夷，而人好径。朝甚除，田甚芜，仓甚虚；服文采，带利剑，厌饮食，财货有余，是谓盗夸。非道也哉！

大意

我对道有了一些认知，行走在大道上，唯恐出偏走入邪路。大路很是平坦，而人们却喜欢走小径。朝庭很整洁，农田很荒芜，仓库很空虚；而穿着锦绣衣服，带着锋利宝剑，吃厌了精美饮食，占有很多财富。这就叫作强盗头目，完全不合道呀！

体悟：本章论圣人知与行。圣人认知了大道（自谦称"介然"），即以遵行，谨慎行之，唯恐出偏。

如此平坦大道，行人不多（因为认知道的人不多），所以他们爱走小路。而朝政人员，反其道而行之。朝庭很整洁，农田很荒芜，形成鲜明对比。

本章明言，圣人行大道，有人走小径，盗夸不守道，隐言，坚守大道不易，即使是圣人，也担心出偏；平民不爱走，不守道者根本就不走。因为没有醒悟；只有自醒，才是根本。

五十四章原文

善建者不拔，善抱者不脱，子孙以祭祀不辍。修之于身，其德乃真；修之于家，其德乃余；修之于乡，其德乃长；修之于邦，其德乃丰；修之于天下，其德乃普。故以身观身，以家观家，以乡观乡，以邦观邦，以天下观天下。吾何以知天下然哉？以此。

大意

善于建树的不可拔除，善于抱持的不会脱落，子孙后代祭祀永不断绝。修于自身，德会纯真；修于自家，德会有余；修于全乡，德就会长久；修于全邦，德就会丰厚；修于天下，德就得到普及。所以，从自身去认知他人，从自家去认知他家，从自乡去认知他乡，从自邦去认知他邦，（将所有的认知，）再从已往的天下，综合认知现今的天下。我怎么会知道天下是这样的呢？就是用这种方法。

体悟：真正善于建树者，是抱道之人。先修己身，德性纯真，确立德轮；家乡邦国，逐级普及，晕轮效应；逐级比照，理性层递，认知天下。行以修为先，以"无为"为目标。

本章明言，修身抱持之人，以身观身之法。隐言，修多广，德多大；观多广，知多深；得多真，行多远。

五十五章原文

含德之厚，比于赤子。蜂虿虺蛇不螫，攫鸟猛兽不搏；骨弱筋柔而握固，未知牝牡之合而朘作，精之至也。终日号而不嗄，和之至也。知和曰常，知常曰明，益生曰祥，心使气曰强。物壮则老，谓之不道，不道早已。

大意

德性浑厚的人，好比初生的婴儿。毒虫不蛰他，猛兽不伤他，恶鸟不抓他，筋骨柔弱而小拳头握得很牢固。不知道男女之事，而小生殖器常常勃起，这是精气充沛的表现；整天号啼不停，而喉咙却不沙哑，这是淳和至极的缘故。认知了精气充沛及淳和至极的道理就是知道了"常"理，认识到"常"理叫作"明"。贪生纵欲则引灾殃，意念支配精气叫作逞强。事物过分壮大就会衰老，因为不合道，不合道就会很快衰亡。

体悟：赤子特性：毒虫不蛰、恶鸟猛兽不伤，筋骨柔弱而握固，不知情事而阳举，号啼不停喉不哑。为什么？德性淳厚、精气淳和。认知"和"的规律，就是认知了"常"理，认知了常理就是明理。与十六章比照，本章从"赤子"入手，认知"常和"，十六章从万物入手，认知"常和"。

本章明言，赤子德性，从而知常知和；不道早已。隐言，赤子万物齐同；内心气和，合于道啊。

五十六章原文

知者不言，言者不知。塞其兑，闭其门；挫其锐，解其纷；和其光，同其尘，是谓玄同。故不可得而亲，不可得而疏；不可得而利，不可得而害；不可得而贵，不可得而贱，故为天下贵。

大意

有智慧的人不多说，多说话的人不智慧。塞住孔窍，关闭门户，挫磨锋芒，化解纷扰，内敛光耀，融入尘世，这就叫作"玄同"。这样，不可能和他亲近，也不可能和他疏远；不可能使他得利，也不可能使他受害；不可能让他尊贵，也不可能使他低贱。所以才被天下人所尊重。

体悟：本章论修之法。修即"行"，修身、修心、修性。修身寡欲管门户，修心挫锐解纷扰，修性和光同其尘。三者皆至，谓获"玄同"；获得"玄同"，亲疏、利害、贵贱皆不可得。首句《老子》简本为"智者弗言"。

本章明言，"行"之法。隐言知行之门。

五十七章原文

以正治邦，以奇用兵，以无事取天下。吾何以知其然哉？以此：天下多忌讳，而民弥贫；民多利器，国家滋昏；人多伎巧，奇物滋起；法令滋彰，盗贼多有。故圣人云：我无为，而民自化；我好静，而民自正；我无事，而民自富；我无欲，而民自朴。

大意

用正道治国，以奇异的方法用兵，以不扰民、不生事（无为）来治理天下。我怎么知道会是这样的呢？就是因为：天下的禁忌越多，人民就越贫困；民间的利器越多，国家就越混乱；人们的技术越巧，奇异物品越多，怪事也不少；法令越是纷繁，说明盗贼之多。所以圣人说：我无为，人民自然顺化；我喜好清静，人民自然归顺正道；我不横加干扰，人民自然富裕；我没有贪欲，人民自然淳朴。

体悟：本章对"无为"进行详细注释。以正治国，正者，正道也。奇者，奇异也。无事，无为也。天下有为，邪事怪事增多，国家昏乱。

好静、无事、无欲皆无为也；圣人无为，人民自朴、自正、自富、自化。

本章明言，以正治国，无为治天下。隐言，国家治理的根本之法在于让民众自醒自化。

五十八章原文

其政闷闷，其民淳淳；其政察察，其民缺缺。祸兮福之所倚，福兮祸之所伏；孰知其极？其无正邪。正复为奇，善复为妖。人之迷，其日固久。是以圣人方而不割，廉而不刿，直而不肆，光而不耀。

大意

政治宽厚，人民就淳朴；政治苛刻，人民就狡黠。灾祸啊，幸福就靠在它旁边；幸福啊，灾祸就隐藏在里面。谁知祸福的终极？没有定数。正，转而变为邪；善良，转而成为妖孽。人们对此的迷惑，已经由来已久！因此圣人方正，但不碍人；虽是锋利，不伤他人；虽是坦直，但不放肆；虽是光亮，但不耀眼。

体悟：祸福相依，相互转化；转化"奇点"，没有定数。这是因为，正道可出邪事，善良可变妖异，人们为此迷惑了很久！为什么？因为没有认识道呀。圣人的方正、圣人的直率、圣人的复归其明，都是人们的表率，民众的福音。

本章明言，政治与民众，福祸相依，圣人三德。隐言，无为利国，祸福相化，圣人破"迷"。

五十九章原文

治人事天莫若啬。夫唯啬，是谓早备（取简本，王弱本作"服")。早备谓之重积德，重积德则无不克。无不克则莫知其极，莫知其极，可以有国。有国之母，可以长久。是谓深根固柢，长生久视之道。

大意

治理百姓、事奉苍天，没有比"种庄稼"更好的比喻了。种庄稼要早作准备，早作准备就是重积德；重积德就无往而不胜，无往而不胜就没有人能知晓你的能量。具备这种无法估计的能量，就可以管理国家了。因为你掌握了治国的根本，这样可以长治久安。这就叫作根深固柢、长生久视的道理。

体悟：本章论"重积德"，重积德就是早作准备，以种庄稼为比喻。"啬"，通"穑"，种庄稼。《诗经·伐檀》："不稼不啬，胡取禾三百廛兮?"种庄稼，谋事在人、成事在天；管理也一样。有学者将"啬"作"俭"解，以俭养德论之。"俭"，老子在"三宝"中有专论，这里作"穑"（动词）解，符合文意。

种庄稼要"深根固柢"，"长生久视"指养生；为身（治身）治国同理。

本章明言，治人事天重积德。隐言，治身治国同理，守道才是长治久安之道。

六十章原文

治大国若烹小鲜。以道莅天下，其鬼不神；非其鬼不神，其神不伤人；非其神不伤人，圣人亦不伤人。夫两不相伤，故德交归焉。

大意

治理大国，好像烹煎小鱼，不宜常搅勤翻。用道来治理天下，鬼也不灵了；不是鬼不灵，就是灵了也不会伤人；不但它不会伤人，圣人也不会伤人。这样两个都不伤害，于是德惠就交归于百姓了。

体悟：无为管理大国，大国治。小人不作乱，圣人不伤民，国治民安。

本章为国家领导人多次引用。1987年，美国总统里根在美国《国情咨文》中，引用老子"治大国若烹小鲜"的名句（引起一家出版公司以12万美元的价格将《老子》重新译成英文出版）。

习近平总书记于2013年3月19日，在出访金砖四国前答记者问时说："领导者要有治大国如烹小鲜的态度。"

本章明言，治国之道，道统神鬼。隐言，大道自化自构的功能。

六十一章原文

大邦者下流，天下之交，天下之牝。牝常以静胜牡，以静为下。故大邦以下小邦，则取小邦；小邦以下大邦，则取大邦。故或下以取，或下而取。大邦不过欲兼畜人，小邦不过欲入事人。夫两者各得其所欲，大者宜为下。

大意

作为大国，要善于处下。下，是百川所归附的地方,是雌柔位置。雌柔经常以安静战胜雄强,就因它安静地居于下位。所以,大国对小国谦下,就可取得小国的信任;小国对大国谦下,才能取得大国的信任;不是谦下而取得,就是谦下而被取。大国不过要兼并小国,小国不过要事奉大国,大国、小国都得到其所要得到的。当然,大国更应该保持谦下的态度。

体悟:本章论处理国之关系。"或下以取,或下而取。""或下以取",大国赢得小国心;"或下而取",小国被大国用。"两者各得其所欲",大国养护小国,小国事奉大国,天下太平。

本章明言,大国、小国关系,平衡利益之法。隐言,"居善地",以道构建和谐。

六十二章原文

道者,万物之奥(注)。善人之宝,不善人之所保。美言可以市,尊行可以加人。人之不善,何弃之有?故立天子,置三公。虽有拱璧以先驷马,不如坐进此道。古之所以贵此道者何?不曰求以得,有罪以免邪!故为天下贵。(帛本为"万物之注")

大意

道是万物的庇荫之所,是善良人的宝贝,是不善良人的保护物。美好的言辞能搏得人们的尊敬,善良的行为可以影响他人。不善良的人,又怎能把它抛弃呢?所以在天子立朝、大臣就职之时,虽然有美玉和珍贵的车辆作为献礼仪式,还不如把"道"作为献礼。古时候,人们为什么要重视这个道？不是说有求庇护、必得满足，有罪可以得到宽恕吗？所以被天下人所尊贵。

体悟：本章论道的包容性。不善良的人，即使暂时远离了道，道不远离他；只要他想起道，悟道了，道就回来了（同于道者，道亦乐得之）；即使犯了罪，回归道，道也会宽恕他。"人之不善"即不善之人，定语后置；"何弃之有"，疑问句宾语前置，即"有何弃"（同"何罪之有"句式）。

本章明言，大道的包容性，得以天下人尊贵。隐言，悟道醒道，不分人群，不分先后。

六十三章原文

为无为，事无事，味无味。大小多少，报怨以德。图难于其易，为大于其细。天下难事，必作于易；天下大事，必作于细。是以圣人终不为大，故能成其大。夫轻诺必寡信，多易必多难。是以圣人犹难之，故终无难矣。

大意

以无为（顺应自然）的态度去作为，以不滋事的方式去处理事情，以恬淡无味为有味。大化小、多化少，用德来报答怨恨。难事从容易处入手，大事从细小处开始；天下的难事都是从容易处做起，天下的大事都是从细小处做起。圣人始终坚持从小事做起，所以才能完成大业。轻易答应别人的要求，势必要失信；把事情看得太容易，势必会遇到很多困难。圣人遇事总是先考虑困难,所以最终就没有困难了。

体悟:本章论处事,以"无为"为原则。治身(恬淡生活)、处事(事无事)、治国(无为)同理。以德报怨怨自消,不滋事;大事化小,多事渐少;难事从易起,大事从细起,符合自然规律。

"大小多少",歧义甚多:大生于小,多生于少;将大的看作小的,将多的看作少的;以小为大,以少为多——根据本章主题,以无为原则处事,选择"大化小、多化少";与简本意相通。简本原文为"大小之",小为动词,变小之意。

本章明言,处理原则与方法。隐言,治身与处事治国同理。

六十四章原文

其安易持,其未兆易谋,其脆易泮,其微易散。为之于未有,治之于未乱。合抱之木,生于毫末;九层之台,起于累土;千里之行,始于足下。为者败之,执者失之。是以圣人无为故无败,无执故无失。民之从事,常于几成而败之。慎终如始,则无败事。是以圣人欲不欲,不贵难得之货;学不学,复众人之所过,以辅万物之自然,而不敢为。

大意

局面安定时容易维持,事态还未显迹象时容易谋划,事物脆弱时容易分解,事物细微时容易消散。要在事情未发生变化时就着手处理,要在祸乱未发生之前就治理到位。合抱不下的苍天大树，生于细小的萌芽；九层的高台，是由一筐筐土石堆砌而成；千里的远行，是从脚下一步一步走开的。

强行妄为就会导致失败，执意不放就会失去。因为圣人无为，所以就不会遭受失败；圣人没有强执不放，所以就无所谓失去。人们做事情，往往在快要成功的时候放弃了；如果事情快要办成的时候，还能像刚开始时那样，怎么还会办不成？

因此，圣人想要得到的是他人不想要的东西，他不贵重稀有的货物；圣人学习的是众人不想学的东西，以补救众人的过错，从而用以辅助万事万物自然发展，而不敢妄加干涉。

体悟：本章论管理。"为之于未有，治之于未乱。"凡事抓苗头，平息成本低；办事慎终如始，无败事。

圣人无为无执，"欲不欲""学不学"，以辅助万事万物自然发展，天下自然正。

本章明言，凡事抓苗头，做事持以恒，圣人辅万物。隐言，遵自然规律而行，圣人之所以能辅万物之自然，因为他明了自然规律。

六十五章原文

古之善为道者，非以明民，将以愚之。民之难治，以其智多。故以智治邦，邦之贼；不以智治邦，邦之福。知此两者亦稽式。常知稽式，是谓玄德。玄德深矣，远矣，与物反矣，然后乃至大顺。

大意

古代为道的人，不是使人民显得精明，而是使他们淳厚朴实。人民之所以难于管理，是因为他们太多智巧心机。所以，用智巧心机治理国家（人民也用智巧应对），就会危害国家；不用智巧心机治理国家（人民就会归于淳朴），这才是国家之德。认知这两种治国方式（的利与弊），也就明白了治国的法则。明白这个治国法则，这叫作"玄德"。玄德又深又远，和人复归到真朴，然后社会就回归大顺。

体悟：本章论非智治国。以智治理国家，人民也以智应对，伤德；国德是让人民质朴，上下顺畅，社会和谐。

本章明言，不以智治国和以智治国的法则。隐言，归道是治国之本。

六十六章原文

江海之所以能为百谷王者，以其善下之，故能为百谷王。是以圣人欲上民，必以言下之；欲先民，必以身后之；是以圣人处上而民不重，处前而民不害，是以天下乐推而不厌。以其不争，故天下莫能与之争。

大意

江海之所以能够成为百川河流所汇注的地方，是由于它合道处于低下的位置，所以能够成为百川之王。因此，圣人要处人民之上，就必须言辞谦下；要想引领人民，必须把自己的利益放在他们的后面。所以，圣人虽然位居于人民之上，而人民并不感到负担沉重；居于人民之前，而人民并不感到有妨害。于是，天下人都乐意推举（圣人）而不感到讨厌。因为圣人不与人民争利，所以天下没有人会和他相争。

体悟：本章论圣德。圣人谦下、包容，把自己的利益置于度外，不与人民争利，所以得到众人的拥戴。

本章明言，大海处下百川归，圣人处下民拥戴，圣人不与民争利。隐言，无私是立德之本，官长由推举而产生，超前的民主思想。

六十七章原文

天下皆谓我道大，似不肖。夫唯大，故似不肖。若肖，久矣其细也夫！我有三宝，持而保之：一曰慈，二曰俭，三曰不敢为天下先。慈故能勇；俭故能广；不敢为天下先，故能成器长。今舍慈且勇，舍俭且广，舍后且先，死矣。夫慈，以战则胜，以守则固。天将救之，以慈卫之。

大意

天下人都说"道"博大，不像任何事物。正因为它大得超常，所以才不像任何事物。如果它像具体事物，那么慢慢地也就变小了。我有三件宝，坚持保全着：一是慈爱，二是节俭，三是不敢与天下人争先。有了柔慈，所以能勇武；有了节俭，所以能大方；不敢与天下人争先，所以能成为万物的首长。现在舍弃了柔慈而追求勇武；舍弃了节俭而追求广取；舍弃后其身而求争先，结果必定是走向死亡。慈爱，用来征战，能够胜利；用来守卫，就能巩固；天要救助谁，就用柔慈来护卫他。

体悟：慈俭不争先，圣人三德；另有善与信。"慈"有别于"仁"，慈爱是一种母爱，无须任何回报。慈柔不可战胜。

本章明言，圣人三宝。隐言，三宝合天理。

六十八章原文

善为士者，不武；善战者，不怒；善胜敌者，不与；善用人者，为之下。是谓不争之德，是谓用人之力，是谓配天古之极。

大意

善于带兵的将帅，不逞勇武；善于作战的人，不轻易发怒；善于战胜敌人的，不与敌人纠缠；善于用人的人，谦下待人。这叫作"不争"之品德，这叫作借用别人的能力，这符合自然的道理，是自古以来的准则。

体悟："是谓用人之力"，帛书没有"之力"二字。"善用人者为之下"，与对象和谐，其愿出力，能力才可得以充分发挥。

本章明言，不争之德，用人之力。隐言，成功确有潜规则，只是符合自然之理（"配天"而已）。

六十九章原文

用兵有言：吾不敢为主，而为客；不敢进寸，而退尺。是谓行无行，攘无臂，扔无敌，执无兵。祸莫大于轻敌，轻敌几丧吾宝。故抗兵相若，哀者胜矣。

大意

用兵作战曾有名言："我不敢为主，而为客；不敢向前寸步，而后退一尺。"这就叫作不见行动的行动，奋臂却像没有臂膀可举，面临敌人却像无敌一般，虽然有兵器却像没有兵器可以执握。祸患再没有比轻敌更大的了，轻敌几乎丧失了我的宝贝。所以两军实力相当，悲哀的一方将会赢得胜利。

体悟：本章论用兵战术。"行无行"，类同"为无为"，"攘无臂，扔无敌，执无兵"可改作："攘无攘，扔无扔，执无执。"故"行无行"是"无为"在用兵上的具体实施。

"轻敌几丧吾宝"，丧的是"三宝"中的"不敢为天下先"。因为轻敌，轻举妄动，急于进攻。

两军相抗，悲哀的一方为什么会获胜？悲哀者心力集中，哀近慈。

本章明言，用兵策略和决不可以轻敌。隐言，用兵"为无为"，以退为进，以慈而胜。

七十章原文

吾言甚易知，甚易行。天下莫能知，莫能行。言有宗，事有君。夫唯无知，是以不我知。知我者希，则我者贵。是以圣人被褐怀玉。

大意

我的话很容易理解，很容易施行。但是天下竟没有人能够理解，没有人能实行。说话有主旨，做事有根据。由于人们不懂得这个道理，所以才不理解我。能理解我的人很少，能按照我说的去做就更难得了。圣人穿着粗布衣服，怀里却揣着美玉。（有谁会知道呢？）

体悟：知行一体，有人不知，有人知而不行。言有宗，其宗是道；事有君，其君仍是道。不知"道"，哪知此道理？知者少，"行"者少之又少。

本章明言，圣人之言，少人知，更无人行。隐言，"五千文"主题明确，可知；行为程序简单，可行；这些朴素的言辞，包含绝对真知和深刻哲理，一定要勤而行之呀！

七十一章原文

知不知，上；不知（不）知，病。圣人不病，以其病病，是以不病。（帛书甲本作"不知不知"）

大意

认识到自己还有所不知，这很好；不知道自己还有很多"不知"，这就是"知病"。圣人不存在"知病"，因为他把"知病"当作一种病来对待，所以他才没有这种病。

体悟：本章论"知病"，不懂"知病"，知行路上走不远，或者说无法真知；无真知，何谈行！"知病"是读书人普遍存在的问题。认知过程中，没有认识到自己认知的有限和不足，没有认识到未认知的远比认知的多得多，这就是"知"之"病"；"知病"不治，致使

"行"出偏。王弼注:"不知知之不足,任则病也。"

本章明言,何谓"知病"和知病的克服办法。隐言,人的认知有限,认知有障碍,认识到这些,就可以克服障碍,超越认知。

七十二章原文

民不畏威,则大威至。无狎其所居,无厌其所生。夫唯不厌,是以不厌。是以圣人自知不自见,自爱不自贵。故去彼取此。

大意

人民不畏惧威压时,那么更大的威压就要到来,(于是祸乱即将来临)。不要逼迫人民不得安居,不要压迫他们的生活。只有不压迫人民,人民才不感到有压力,不致于产生厌恶情绪。圣人不仅要有自知之明,同时也不自我表现;自爱自重而不自显高贵。所以要舍弃后者而保持前者。

体悟:本章论圣人与民众关系。宽松的政治是构建和谐的根本,即民生问题是治国之本。圣人要有自知之明:圣人只有不自显高人一等,才能做到自爱自重。

本章明言,不能给百姓施压,百姓没有压力,就不会有反叛心理。圣人要自爱,不要自贵。隐言,哪里有压迫,哪里就有反抗;圣人不曾高,众人不曾低;自知了,也就有了自爱。

七十三章原文

勇于敢则杀,勇于不敢则活。此两者,或利或害。

天之所恶,孰知其故?是以圣人犹难之。天之道,不争而善胜,不言而善应,不召而自来,繟然而善谋。天网恢恢,疏而不失。

大意

神勇而果敢(无所畏惧)可能遭受杀身,神勇而有所畏可能就存活,这两种结果,或是有利,或是有害。老天所厌恶的,谁能知道其原因?圣人也难以断说。"天规"是,不斗争而善于取胜;不言语而善于回应;不召唤而自动到来;泰然处之却善于安排筹划。天网宽广,无边无际;虽然稀疏,但没有漏失。

体悟:"天之所恶","恶"则情,说明天有情。"天若有情天亦老",故天地言"长且久"(七章),天长地久有尽时。

天规条条:不争而胜;不言善应;不召自来;繟然善谋(二十七章,善数者不用筹策)。

"天网恢恢",显说天际宽广,隐言时空结构。时空构成如网:有纲、有经、有纬、有网格、有结点;立体多维形态。

本章明言,"勇"的两种结局;天道善谋,天网恢恢。

隐言,柔慈符合自然规律;人算不如天算;宇宙就像一张网,内储全息图。

七十四章原文

民不畏死,奈何以死惧之?若使民常畏死,而为奇者，吾得执而杀之，孰敢？常有司杀者杀，夫代司杀者杀，是谓代大匠斫。夫代大匠斫者，希有不伤其手矣。

大意

人民已经不畏惧死亡，为什么还要用死来威胁他们呢？假如人民真的畏惧死亡，对于为非作歹的人，把他抓来杀掉，谁还敢为非作歹？总有专管杀人的人去执行任务，代替杀人的人去执法，就如同代替大木匠去砍木头，那代替大木匠砍木头的人，很少有不会砍伤自己手的。

体悟：人的生命是神圣的，不可蔑视；对生命的践踏，必定危及自身！让每个生命自醒，这是大道告知我们的最终答案。

本章明言，民若畏死，杀一儆百；代替法律，伤害自己。隐言，民不畏死，法有何用？人不能替天行道。

七十五章原文

民之饥，以其上食税之多，是以饥。民之难治，以其上之有为，是以难治。民之轻死，以其上求生之厚，是以轻死。夫唯无以生为者，是贤于贵生。

大意

人民之所以遭受饥荒，就是因为统治者吞吃赋税太多，所以才饥荒；人民之所以难于管理，是因为统治者政令繁多太有为了，所以人民才难于管理；人民之所以轻生冒死，是由于统治者为了奉养自己，搜刮净了民脂民膏，所以人民觉得生死一样。只有那些没有注重养生的人，比贵重生命、过分养生的人更贤能。

体悟：人民轻生，因为生不如死；而统治者醉生梦死、求生之厚。

没有将厚养作为人生目标的人，他们为民而思、心系人民，比起"生生之厚"者，贤能！

本章明言，民众饥荒，税赋太重；民众轻死，反差太大。隐言，官员廉洁，是治国之本。

七十六章原文

人之生也柔弱，其死也坚强。草木之生也柔脆，其死也枯槁。故坚强者死之徒，柔弱者生之徒。是以兵强则不胜，木强则兵（折）。强大处下，柔弱处上。

大意

人活着的时候身体是柔软的，死了以后身体就变得僵硬；草木生长时是柔软脆弱的，死了以后就变得枯槁了。所以坚强的东西属于死亡的一类，柔弱的东西属于有生机的一类。用兵逞强就会遭受失败，树木强大了就会遭到砍伐（或是摧折）。凡是强大的，总是处于下位；柔弱的，反而居于上位。

体悟：以树为喻，树干强大居下位，树枝柔弱居上位，喻中双关。充满生机的都居上。

本章明言，柔弱有生机，枯槁是衰败。隐言，变化灵动富有生命力，僵化强化便是生命的终结；故曰柔弱胜刚强。

七十七章原文

天之道,其犹张弓欤?高者抑之,下者举之。有余者损之,不足者补之。天之道,损有余而补不足;人之道则不然,损不足以奉有余。孰能有余以奉天下?唯有道者。是以圣人为而不恃,功成而不处,其不欲见贤。

大意

天道的法则,不是很像射箭张弓吗?弦位拉高了就把它压低一些,低了就把它举高一点;拉得过满了就放松一点,拉得不足了就补足一些。减损有余而补给不足,这就是"天之品德";可是社会的法则却不是这样,以减少不足,从而奉献给有余的。谁能够减少有余的,以补给天下人的不足呢?只有有道的人才可以做到。因此,圣人有所作为而不占为己有,有所成就而不居功。他是不愿意显示自己的贤能。

体悟:天道犹张弓,损有余补不足;人道则不然,损不足以奉有余;只有道者将有余以奉天下。天道(天德)公正,圣人则之,道者相随。。

本章明言,天道损有余补不足,人道损不足奉有余;圣人则天道而行。隐言,自然,物竞天择;人类,趋利避害;以道自醒,和谐发展。

七十八章原文

天下莫柔弱于水,而攻坚强者莫之能胜,以其无以易之。弱之胜强,柔之胜刚,天下莫不知,莫能行。是以圣人云:"受邦之垢,是谓社稷主;受邦不祥,是为天下王。"正言若反。

大意

天下再没有什么东西比水更柔弱了，而攻克坚强却没有什么东西可以比得过水，而且没有东西可替代。弱可以胜过强，柔可以胜过刚，天下没有人不知道，但没有人能实行。圣人说："承受全国的屈辱，才能成为国家的君主；承受全国的灾难，才能成为国家的君王。"正面的话好像是反话。

体悟：柔弱胜刚强，如水攻坚强；天下人都知道，但没有人施行。正言若反，是一种表达方式，文中甚多。正面表述，像是反话。例如，曲则全，枉则直；柔弱胜刚强；知者不言，言者不知；损之而益，益之而损；以其不争，故天下莫能与之争。只有这种表述，才能全面表达整体。

本章明言，以水为例，说明柔弱胜刚强；经得起承受重大灾难者，国之王。隐言，勇于担当的是国之栋梁。

七十九章原文

和大怨，必有余怨，安可以为善？是以圣人执左契而不责于人。有德司契，无德司彻。天道无亲，常与善人。

大意

和解深重的积怨，必然还会留下残余的怨恨，这怎么可以算是最妥善的办法呢？圣人手持借据，并不以此强迫别人偿还债务。有"德"之人就像持有借据的圣人那样宽容，没有"德"的人就像掌管税收的人那样苛刻。天道对人没有亲疏，永远同合道的人一起。

体悟："以德报怨"是待人的最高境界。和大怨，留余怨，哪及不积怨。如何不积怨？宽以待人，手持借条，不向人要。责，通"债"，这里为动词，讨债的意思。

天道（天德）没有亲疏，继之以善。

本章明言，和大怨有积怨，圣人执左契不债人；天道永远和善人一起。隐言，报怨以德，同于道者，道亦乐得之。

八十章原文

小邦寡民。使有什伯之器而不用。使民重死而不远徙。虽有舟舆，无所乘之；虽有甲兵，无所陈之。使人复结绳而用之。甘其食，美其服，安其居，乐其俗。邻邦相望，鸡犬之声相闻，民至老死不相往来。

大意

管理区域要小，居民要少。即使有各种各样的器具，却并不多用；使人民重视死亡，喜欢安静稳定的生活，而不向远方迁徙。虽然有船只车辆，却少有人使用；虽然有武器装备，也没用场，（人人悟道，厌恶战争）。人民回复到没有复杂数据可算的单纯年代。人们健康，讲究淡雅，吃得香甜；穿着漂亮、考究大方；居住安全，舒适环保，光线充裕，空气流通；生活充满乐趣，民俗丰富多彩，民风淳朴。区域与区域之间，举目可见，鸡犬叫声，清晰可辨；邻人互不闯门，只是活动共处；清静自由健康的生活，人们没有疾病的困扰；从出生，慢慢地变老，直到享尽天年。

体悟：本章描述悟道行道后的社会空间。小邦寡民，指管理区域小（并非国度、行政区域），居民分布少。"民重死"，因为生活质量高，喜欢宁静自然；"甲兵无所陈"，没有战争，军队消亡。人们复归淳朴的生活，"食、服、居、俗"的描述，洋溢和谐、美好、高品质的自由生活。鸡鸣、狗吠充耳，人们不见往来；生命素质提升，没有疾病，直享天年，回归大道。

本章明言，理想社会生活。隐言，全世界民众醒道守道的社会空间，人人自醒，个个皆圣，长生不老，清净和谐，处处为他人着想，事事有专人负责。也许就是马克思共产主义的另一种表述。

八十一章原文

信言不美，美言不信；善者不辩，辩者不善；知者不博，博者不知。圣人不积，既以为人己愈有，既以与人己愈多。天之道，利而不害；圣人之道，为而不争。

大意

真实可信的话不一定漂亮，漂亮的话不一定可信；善良的人不巧辩，巧辩的人不一定善良；真正有真知的人不广博，广博的人不一定有真知。圣人没有私人积藏，而是尽力帮助别人，自己从而拥有；他尽力给予别人，自己反而更加富足。"天道"法则是，利万物而不伤害它们；圣人的道德准则是，帮助别人从不与人争利。

体悟：本章描述圣人境界。前三句正言反说。圣人多做少说，为道日损；圣人无积，无私成私；圣人合道，助人利人。觉（醒）者不为己，圣者济天下。

本章明言，信言、善者、智者，天道之利，圣道为而不争。隐言，从言、德、识三方识人；天道利而不害，圣人则之，不欲、不学，不争名不争利，在平凡中成就大业。

附一

《老子》注音

一章

道可道,非常道;名可名,非常名。无名天地之始;有名万物之母。故常无欲以观其妙;常有欲以观其徼。此两者,同出而异名,同谓之玄,玄之又玄,众妙之门。

二章

天下皆知美之为美,斯恶已;皆知善之为善,斯不善已。故有无相生,难易相成,长短相形,高下相倾,音声相和,前后相随。是以圣人处无为之事,行不言之教。万物作焉而不辞,生而不有,为而不恃,功成而弗居。夫唯弗居,是以不去。

三章

不尚贤,使民不争。不贵难得之货,使民不为盗。不见可欲,使民心不乱。是以圣人之治:虚其心,实其腹,弱其志,强其骨。常使民无知无欲,使夫智者不敢为也。为无为,则无不治。

四章

道冲而用之或不盈。渊兮,似万物之宗。挫其锐,解其纷,和其光,同其尘。湛兮,似或存。吾不知谁之子,象帝之先。

五章

天地不仁,以万物为刍狗。圣人不仁,以百姓为刍狗。天地之间,其犹橐籥乎?虚而不屈,动而愈出。多言数穷,不如守中。

六章

谷神不死,是谓玄牝。玄牝之门,是谓天地根。绵绵若存,用之不勤。

七章

天长地久。天地所以能长且久者,以其不自生,故能长生。是以圣人后其身而身先,外其身而身存。非以其无私耶?故能成其私。

八章

上善若水。水善利万物而不争,处众人之所恶,故几于道。居善地,心善渊,与善仁,言善信,政善治,事善能,动善时。夫唯不争,故无尤。

九章

持而盈之,不如其已;揣而锐之,不可长保。金玉满堂,莫之能守。富贵而骄,自遗其咎。功遂身退,天之道。

十章

载营魄抱一,能无离乎?专气致柔,能婴儿乎?涤除玄览(鉴),能无疵乎?爱民治国,能无为乎?天门开阖,能为雌乎?明白四达,能无知乎?生之畜之,生而不有,为而不恃,长而不宰,是谓玄德。

十一章

三十辐共一毂,当其无,有车之用。埏埴以为器,当其无,有器之用。凿户牖以为室,当其无,有室之用。故有之以为利,无之以为用。

十二章

五色令人目盲;五音令人耳聋;五味令人口爽;驰骋畋猎,令人心发狂;难得之货令人行妨。是以圣人为腹不为目，故去彼取此。

十三章

宠辱若惊，贵大患若身。何谓宠辱若惊？宠为下，得之若惊，失之若惊，是谓宠辱若惊。何谓贵大患若身？吾所以有大患者，为吾有身，及吾无身，吾有何患？故贵为身于为天下，若可寄天下；爱以身为天下，若可讬天下。

十四章

视之不见，名曰夷；听之不闻，名曰希；搏之不得，名曰微。此三者不可致诘，故混而为一。其上不皦，其下不昧，绳绳兮不可名，复归于无物；是谓无状之状，无物之象，是谓恍惚。迎之不见其首，随之不见其后。执古之道，以御今之有。能知古始,是谓道纪。

十五章

古之善为道(士)者,微妙玄通,深不可识。夫唯不可识,故强为之容:豫兮若冬涉川,犹兮若畏四邻,俨兮其若客,涣兮若冰之将释,敦兮其若朴,旷兮其若谷,混兮其若浊。孰能浊以静之徐清?孰能安以久动之徐生?保此道者不欲盈,夫唯不盈,故能蔽而新成。

十六章

致虚极,守静笃,万物并作,吾以观复。夫物芸芸,各复归其根。归根曰静,是谓复命。复命曰常,知常曰明。不知常,妄作凶。知常容,容乃公,公乃全,全乃天,天乃道,道乃久,没身不殆。

十七章

太上,下知有之;其次,亲而誉之;其次,畏之;其次,侮之。信不足焉,有不信焉。悠兮,其贵言。功成事遂,百姓皆谓:"我自然"。

十八章

大道废,有仁义;智慧出,有大伪;六亲不和,有孝慈;邦家昏乱,有忠臣。

十九章

绝智弃辨,民利百倍;绝伪弃诈,民复孝慈;绝巧弃利,盗贼无有。此三者以为文不足,故令有所属:见素抱朴,少私寡欲,绝学无忧。

二十章

唯之与阿,相去几何?善之与恶,相去若何?人之所畏,不可不畏。荒兮,其未央哉！众人熙熙，如享太牢，如春登台。我独泊兮，其未兆，如婴儿之未孩；儽儽兮，若无所归。众人皆有余，而我独若遗。我愚人之心也哉！沌沌兮！俗人昭昭，我独昏昏。俗人察察，我独闷闷。澹兮，其若海；飂兮，若无止。众人皆有以，而我独顽且鄙。我独异于人，而贵食母。

二十一章

孔德之容，惟道是从。道之为物，惟恍惟惚。惚兮恍兮，其中有象；恍兮惚兮，其中有物；窈兮冥兮，其中有精，其精甚真，其中有信。自古及今，其名不去，以阅众甫。吾何以知众甫之状哉？以此。

二十二章

曲则全,枉则直,洼(漥)则盈,敝则新,少则得,多则惑。是以圣人抱一为天下式。不自见,故明;不自是,故彰;不自伐,故有功;不自矜,故(能)长。夫唯不争,故天下莫能与之争。古之所谓"曲则全"者,岂虚言哉?诚全而归之。

二十三章

希言自然。故飘风不终朝,骤雨不终日。孰为此者?天地。天地尚不能久,而况于人乎?故从事于道者,同于道;德者,同于德;失者,同于失。同于道者,道亦乐得之;同于德者,德亦乐得之;同于失者,失亦乐得之。信不足焉,有不信焉。

二十四章

企者不立,跨者不行,自见者不明,自

是者不彰，自伐者无功，自矜者不长。其在道也，曰：余食赘行。物或恶之，故有道者不处。

二十五章

有状（物）混成，先天地生。寂兮寥兮，独立而不改，周行而不殆，可以为天下母。吾不知其名，字之曰道，强为之名曰大。大曰逝，逝曰远，远曰反。故道大，天大，地大，王亦大。域中有四大，而王居其一焉。人法地，地法天，天法道，道法自然。

二十六章

重为轻根，静为躁君。是以君子终日行不离辎重，虽有荣观，燕处超然。奈何万乘之主，而以身轻天下，轻则失根，躁则失君。

二十七章

善行,无辙迹;善言,无瑕谪;善数,不用筹策;善闭,无关楗而不可开;善结,无绳约而不可解。是以圣人常善救人,故无弃人;常善救物,故无弃物。是谓袭明。故善人者,不善人之师;不善人者,善人之资。不贵其师,不爱其资,虽智大迷,是谓要妙。

二十八章

知其雄,守其雌,为天下溪;为天下溪,常德不离,复归于婴儿。知其白,守其黑,为天下式;为天下式,常德不忒,复归于无极。知其荣,守其辱,为天下谷;为天下谷,常德乃足,复归于朴。朴散则为器,圣人用之,则为官长,故大制无(不)割。

二十九章

将欲取天下而为之,吾见其不得已。天下神器,不可为也。为者败之,执者失之。夫物或行或随,或歔或吹,或强或羸,或挫(培)或隳(堕)。是以圣人去甚,去奢,去泰。

三十章

以道佐人主者,不以兵强天下,其事好还。师之所处,荆棘生焉。大军过后,必有凶年。善有果而已,不敢以取强。果而勿矜,果而勿伐,果而勿骄,果而不得已,果而勿强。物壮则老,是谓不道,不道早已。

三十一章

夫佳兵者,不祥之器,物或恶之,故有

道者不处。君子居则贵左,用兵则贵右。兵者,不祥之器,非君子之器,不得已而用之,恬淡为上。胜而不美,而美之者,是乐杀人。夫乐杀人者,则不可以得志于天下矣。故吉事尚左,凶事尚右。偏将军居左,上将军居右。言以丧礼处之。杀人之众,以悲哀泣之;战胜,以丧礼处之。

三十二章

道常无名。朴,虽小,天下莫能臣。侯王若能守之,万物将自宾。天地相合,以降甘露,民莫之命而自均。始制有名,名亦既有,夫亦将知止,知止可以不殆。譬道之在天下,犹川谷之于江海。

三十三章

知人者智,自知者明。胜人者有力,自

胜者强。知足者富，强行者有志。不失其所者久，死而不亡者寿。

三十四章

大道氾兮，其可左右。万物恃之以生而不辞，功成而不名有。衣养万物而不为主，常无欲，可名于小；万物归焉而不为主，可名为大。以其终不自为大，故能成其大。

三十五章

势（执）大象，天下往。往而不害，安平太。乐与饵，过客止。道之出口（言），淡乎其无味，视之不足见，听之不足闻，用之不足既。

三十六章

将欲歙之，必固张之；将欲弱之，必固强之；将欲废之，必固兴之；将欲取之，必固与之。是谓微明。柔弱胜刚强。鱼不可脱于渊，邦之利器不可以示人。

三十七章

道常无为而无不为。侯王若能守之，万物将自化。化而欲作，吾将镇之以无名之朴。镇之于无名之朴，夫亦将不欲。不欲以静，天下将自定（正）。

三十八章

上德不德，是以有德；下德不失德，是以无德。上德无为而无以为；下德为之而有以为。上仁为之而无以为；上义为之而有以为；上礼为之而莫之应，则攘臂而扔之。故失道而后德，失德而后仁，失仁而后义，失义而后礼。夫礼者，忠信之薄而乱之首。前识者，道之华而愚之始。是以大丈夫处其厚,不居其薄;处其实,不居其华。故去彼取此。

三十九章

昔之得一者:天得一以清;地得一以宁;神得一以灵;谷得一以盈;万物得一以生;侯王得一以为天下贞。其致之也:谓天无以清,将恐裂;地无以宁,将恐废;神无以灵,将恐歇;谷无以盈,将恐竭;万物无以生,将恐灭;侯王无以贞(正),将恐蹶。故贵以贱为本,高以下为基。是以侯王自称孤、寡、不谷。此非以贱为本耶?非乎?故至誉无誉。是故不欲琭琭如玉,珞珞如石。

四十章

反者道之动,弱者道之用。天下万物

生于有,有生于无。

四十一章

上士闻道,勤而行之;中士闻道,若存若亡;下士闻道,大笑之。不笑不足以为道。故建言有之:明道若昧,进道若退,夷道若类。上德若谷,广德若不足,建德若媮,质真若渝(玉)。大白若辱,大方无隅,大器免(晚)成,大音希声,大象无形;道隐无名。夫唯道,善贷且成。

四十二章

道生一,一生二,二生三,三生万物。万物负阴而抱阳,冲气以为和。人之所恶,唯孤、寡、不谷,而王公以为称。故物或损之而益,或益之而损。人之所教,我亦教之。强梁者不得其死。吾将以为学

（教）父！

四十三章

天下之至柔，驰骋天下之至坚。无有入无间，吾是以知无为之有益。不言之教，无为之益，天下希及之。

四十四章

名与身孰亲？身与货孰多？得与亡孰病？甚爱必大费，多藏必厚亡。故知足不辱，知止不殆，可以长久。

四十五章

大成若缺，其用不弊。大盈若冲，其用不穷。大直若屈，大巧若拙，大赢若绌（大辩若讷）。躁胜寒，静胜热。清静为天下正。

四十六章

天下有道，却走马以粪；天下无道，戎

马生于郊。（罪莫大于可欲，）祸莫大于不知足，咎莫大于欲得。故知足之足，常足矣。

四十七章

不出户，知天下；不窥牖，见天道。其出弥远，其知弥少。是以圣人不行而知，不见而明，不为而成。

四十八章

为学日益，为道日损。损之又损，以至于无为，无为而无不为。取天下常以无事，及其有事，不足以取天下。

四十九章

圣人无常心，以百姓之心为心。善者吾善之，不善者吾亦善之，德善；信者吾信之，不信者吾亦信之，德信。圣人在天下，歙歙焉；为天下，浑其心。百姓皆注其耳目，圣人皆孩之。

五十章

出生入死。生之徒,十有三;死之徒,十有三;人之生,动之于死地,亦十有三。夫何故?以其生生之厚。盖闻善摄生者,陆行不遇兕虎,入军不被甲兵。兕无所投其角,虎无所措其爪,兵无所容其刃。夫何故?以其无死地焉。

五十一章

道生之,德畜之,物形之,势成之。是以万物莫不尊道而贵德。道之尊,德之贵,夫莫之命而常自然。故道生之,德畜之,长之育之,亭之毒之,养之覆之。生而不有,为而不恃,长而不宰,是谓玄德。

五十二章

天下有始,以为天下母。既得其母,以知

其子；既知其子，复守其母，没身不殆。塞其兑，闭其门，终身不勤；开其兑，济其事，终身不救。见小曰明，守柔曰强。用其光，复归其明，无遗身殃，是谓袭常。

五十三章

使我介然有知，行于大道，唯施是畏。大道甚夷，而人好径。朝甚除，田甚芜，仓甚虚。服文采，带利剑，厌饮食，财货有余，是谓盗夸。非道也哉！

五十四章

善建者不拔，善抱者不脱，子孙以祭祀不辍。修之于身，其德乃真；修之于家，其德乃余；修之于乡，其德乃长；修之于邦，其德乃丰；修之于天下，其德乃普。故以身观身,以家观家,以乡观乡,以邦观邦,以天下观天下。吾何以知天下然哉?以此。

五十五章

含德之厚,比于赤子。蜂虿虺蛇(毒虫)不螫,攫鸟猛兽不搏,骨弱筋柔而握固,未知牝牡之合而朘作,精之至也。终日号而不嗄,和之至也。知和曰常,知常曰明,益生曰祥,心使气曰强。物壮则老,谓之不道,不道早已。

五十六章

知者不言,言者不知。塞其兑,闭其门;挫其锐,解其纷;和其光,同其尘,是谓玄同。故不可得而亲,不可得而疏;不可得而利,不可得而害;不可得而贵,不可得而贱，故为天下贵。

五十七章

以正治邦，以奇用兵，以无事取天下。吾何以知其然哉？以此：天下多忌讳，而民弥贫；民多利器，邦家滋昏；人多伎巧，奇物滋起；法令滋彰，盗贼多有。故圣人云：我无为，而民自化；我好静，而民自正；我无事，而民自富；我无欲，而民自朴。

五十八章

其政闷闷，其民淳淳；其政察察，其民缺缺。祸兮福之所倚；福兮祸之所伏。孰知其极？其无正邪。正复为奇，善复为妖。人之迷，其日固久。是以圣人方而不割，廉而不刿，直而不肆，光而不耀。

五十九章

治人事天莫若啬。夫唯啬，是谓早备

259

（服）。早备（服）谓之重积德，重积德则无不克。无不克则莫知其极，莫知其极，可以有国。有国之母，可以长久。是谓深根固柢，长生久视之道。

六十章

治大国若烹小鲜。以道莅天下，其鬼不神；非其鬼不神，其神不伤人；非其神不伤人，圣人亦不伤人。夫两不相伤，故德交归焉。

六十一章

大邦者下流，天下之交，天下之牝。牝常以静胜牡，以静为下。故大邦以下小邦，则取小邦；小邦以下大邦，则取大邦。故或下以取，或下而取。大邦不过欲兼畜人，小邦不过欲入事人。夫两者各得其所欲,大者宜为下。

六十二章

道者,万物之奥(注)。善人之宝,不善人之所保。美言可以市,尊行可以加人。人之不善,何弃之有?故立天子,置三公。虽有拱璧以先驷马,不如坐进此道。古之所以贵此道者何?不曰求以得,有罪以免邪!故为天下贵。

六十三章

为无为,事无事,味无味。大小多少,报怨以德。图难于其易,为大于其细。天下难事,必作于易;天下大事,必作于细。是以圣人终不为大,故能成其大。夫轻诺必寡信,多易必多难。是以圣人犹难之,故终无难矣。

六十四章

其安易持,其未兆易谋,其脆易泮,其微易散。为之于未有,治之于未乱。合抱之木,生于毫末;九层之台,起于累土;千里之行,始于足下。为者败之,执者失之。是以圣人无为故无败,无执故无失。民之从事,常于几成而败之。慎终如始,则无败事。是以圣人欲不欲,不贵难得之货;学不学,复众人之所过,以辅万物之自然,而不敢为。

六十五章

古之善为道者,非以明民,将以愚之。民之难治,以其智多。故以智治邦,邦之贼;不以智治邦,邦之福。知此两者亦稽式。常知稽式,是谓玄德。玄德深矣,远矣,与物反矣,然后乃至大顺。

六十六章

江海之所以能为百谷王者,以其善下之,故能为百谷王。是以圣人欲上民,必以言下之;欲先民,必以身后之。是以圣人处上而民不重,处前而民不害。是以天下乐推而不厌。以其不争,故天下莫能与之争。

六十七章

天下皆谓我道大,似不肖。夫唯大,故似不肖。若肖,久矣其细也夫!我有三宝,持而保之:一曰慈,二曰俭,三曰不敢为天下先。慈故能勇;俭故能广;不敢为天下先,故能成器长。今舍慈且勇,舍俭且广,舍后且先,死矣。夫慈,以战则胜,以守则固。天将救之,以慈卫之。

六十八章

善为士者,不武;善战者,不怒;善胜敌者,不与;善用人者,为之下。是谓不争之德,是谓用人之力,是谓配天古之极。

六十九章

用兵有言:吾不敢为主,而为客;不敢进寸,而退尺。是谓行无行(行),攘无臂,扔无敌,执无兵。祸莫大于轻敌,轻敌几丧吾宝。故抗兵相加,哀者胜矣。

七十章

吾言甚易知,甚易行。天下莫能知,莫能行。言有宗,事有君。夫唯无知,是以不我知。知我者希,则我者贵。是以圣人被褐怀玉。

七十一章

知不知,上;不知(不)知,病。圣人不病,以其病病,是以不病。

七十二章

民不畏威,则大威至。无狎其所居,无厌其所生。夫唯不厌,是以不厌(厌)。是以圣人自知不自见,自爱不自贵。故去彼取此。

七十三章

勇于敢则杀,勇于不敢则活。此两者,或利或害。天之所恶,孰知其故?是以圣人犹难之。天之道,不争而善胜,不言而善应,不召而自来,繟然而善谋。天网恢恢,疏而不失。

七十四章

民不畏死,奈何以死惧之?若使民常畏

死,而为奇者,吾得执而杀之,孰敢？常有
司杀者杀,夫代司杀者杀,是谓代大匠斫
（斲）。夫代大匠斫（斲）者,希有不伤
其手者矣。

七十五章

民之饥,以其上食税之多,是以饥。民
之难治,以其上之有为,是以难治。民之
轻死,以其上求生之厚,是以轻死。夫唯
无以生为者,是贤于贵生。

七十六章

人之生也柔弱,其死也坚强。草木之
生也柔脆,其死也枯槁。故坚强者死之
徒,柔弱者生之徒。是以兵强则不
胜,木强则兵（折）。强大处下,柔弱
处上。

七十七章

天之道,其犹张弓欤?高者抑之,下者举之;有余者损之,不足者补之。天之道,损有余而补不足;人之道则不然,损不足以奉有余。孰能有余以奉天下?唯有道者。是以圣人为而不恃,功成而不处,其不欲见贤。

七十八章

天下莫柔弱于水,而攻坚强者莫之能胜,以其无以易之。弱之胜强,柔之胜刚,天下莫不知,莫能行。是以圣人云:"受邦之垢,是谓社稷主;受邦不祥,是为天下王。"正言若反。

七十九章

和大怨,必有余怨,安可以为善?是以圣人执左契而不责于人。有德司契,无德司彻。天道无亲,常与善人。

八十章

小邦寡民。使有什伯之器而不用。使民重死而不远徙。虽有舟舆,无所乘之;虽有甲兵,无所陈之。使人复结绳而用之。甘其食,美其服,安其居,乐其俗。邻邦相望,鸡犬之声相闻,民至老死不相往来。

八十一章

信言不美,美言不信;善者不辩,辩者不善;知者不博,博者不知。圣人不积,既以为人己愈有,既以与人己愈多。天之道,利而不害;圣人之道,为而不争。

附二

《老子》注音说明和难读音

一、《老子》注音说明

目前在社会流行的《老子》普及读物，读音不是很一致。因此，为《老子》注音，对普及传播老子文化意义重大。

（一）注音原则

1. 依照现代汉语标准读音（主要参照《新华字典》和《现代汉语词典》）；

2. 多音字（词）根据字（词）义确定选取读音；

3. 通假字按本字（所通之字）读音；

4. "一七八不"字采取变调后读音；

5. 现代汉语词（字）典中无古义读音的，按新中国成立后出版的《辞海》等古籍辞书注音；

6. 读音有争议的分别列出。

（二）《老子》中的多音字

《老子》中共有近70个多音字，大部分可以通过辨别词义确定读音，然而也有读音不同对文意的理解有别的情况。

1. 和。《老子》第二章：音声相和(hè)。和(hè)，应和的意思。《老子》第五十五章：知和(hé)曰常。

2. 揣。《老子》第九章：揣(zhuī)而锐之，不可长保。现代汉语词（字）典没有揣(zhuī)音，于是有的注为揣(chuǎi)，为什么不注揣(chuāi)和揣(chuài)呢？前面三个音都没有捶击之意。《辞海》注音为揣，意为捶击，并列举《老子》例子：揣(zhuī)而锐之，不可长保。所以选揣(zhuī)音。

3. 当。《老子》十一章：当其无，有车之用。大多读当(dāng)，也有注为当(dàng)的，当作动词，意为"使之(无)适当"，方有车之用。

4. 王。《老子》十六章：公乃王(wàng)，王(wàng)乃天。王做动词，称王的意思。古汉语名词活用为动词，如今乃保留这读音。（作者所选版本为"全"）

5. 教。《老子》四十二章：人之所教(jiāo)，我亦教(jiāo)人。现代汉语中，有些词作为单音词与双音词的读音是不同的，"教"就属此类。作为单音词读教(jiāo)，作为双音词读去声。如"教(jiào)导""教(jiào)学"。下文"塞"也是这种情况。

6. 塞。《老子》五十二章、五十六章：塞(sāi)其兑，

270

闭其门。单音读塞(sāi)，双音读塞(sè)，如堵塞(sè)，闭塞(sè)。

7. 有。《老子》五十章：生之徒，十有(yǒu)三。古代汉语用于整数与零数之间，读去声。那是"十三"的意思。（韩非子解为"十三"，读又）

8. 行。《老子》六十九章：是谓行无行，扔无敌，执无兵。第一个"行"是动词，行动的意思，读行(xíng)，因为下文的"扔""执"都是动词；第二个"行"同音，象"为无为"句式。也有将第二个"行"读作行(háng)的，整句的意思就不同了。

9. 食。《老子》二十章：我独异于人，而贵食母。食，做动词，音食(sì)；食母，以母乳为食。七十五章：民之饥，以其上食税之多。食(shí)，动词，音食(shí)，吞吃之意。二十四章：余食(shí)赘行，八十章：甘其食(shí)，食，皆名词。

10. 为。《老子》中"为"出现近七十次，其中大多读为(wéi)，做动词用，翻译意思较复杂；作为介词的读为(wèi)。如何判断是动词还是介词呢？介词结构（由介词和后面的名词等组成的）是不能充当句子主要成分的，出现介词结构，后面必定还有主要成分。例如，《老子》十三章：吾所以有大患者，为吾有身。"为吾"是介词结构，为是介词，读为(wèi)。《老子》十五章：古之善为道者，微妙玄通，深不可识，夫唯不可失，强为之容。前一个"为"，是动词，读为(wéi)；后一个"为"是介词，读为(wèi)。《老子》二十五章：强为(wèi)之名曰大。《老子》八十一章：既以为(wéi)人己愈有。

(三)《老子》中的通假字

通假字在古代多见，相当于现代的"别字"。古代存在通假字的原因有二：一是音同义近的字可以通用和假借便于书写，常用笔划少的字替代笔划多的字；二是笔误，已成事实。通假字读音按本字。

1. 见通现。《老子》三章：不见(xiàn)可欲，使民心不乱。十九章：见素抱朴，少私寡欲。二十二章：不自见故明。二十四章：自见者不明。七十七章：其不欲见贤。

2. 知通智。《老子》十章：爱民治国，能无知(zhì)乎？五十六章：知(zhì)者不言，言者不知(zhì)。八十一章：知(zhì)者不博，博者不知。

3. 氾通泛。《老子》三十四章：大道氾兮（fàn），其可左右。泛，泛滥。

4. 发通废。《老子》三十九章：天无以清将恐发fèi。（有的版本直接写成废）

5. 被通披。《老子》五十章：入军不被（pī）甲兵。七十章：是以圣人被（pī）褐怀玉。

6. 施通迤。《老子》五十三章：使我介然有知，行于大道，唯施（yí）是畏。

7. 责通债。《老子》七十九章：手执左契，而不责（zhài）于人。债，动词，讨债。

8. 畜通蓄。《老子》十章：生之畜（xù）之，生而不有，为而不恃。五十一章：道生之，德畜（xù）之。六十一章：大国不过欲兼畜（xù）人。畜（xù），饲养，占有。

9. 厌通压。《老子》七十二章：无厌（yā）其所生，夫唯不厌（yā），是以不厌（yā）。前两个压是"压迫""逼迫"之意，后一个压是"感到压迫、逼迫"之意。

10. 希通稀。《老子》二十三章：希言自然。四十三章：无为之益，天下希及之。七十四章：夫唯代大匠斫者，希有不伤其手。

11. 啬通穑。《老子》五十九章：治人事天莫若啬，夫唯啬，是谓早备（服）。穑，种庄稼。也有将啬解为"吝惜"，不作通假解。

二、《老子》难读音列表

章	多音字	例句	通假字	例句	生僻字	备注
1					jiào 徼	以观其徼
2	è 恶	斯恶(è)矣				
	cháng 长	长(cháng)短相形				
	hè 和	音声相和(hè)				
	fú 夫	夫(fú)唯弗居				
3	wéi 为	为(wéi)无为，则无不治	见通现	不见可欲		
4	zhōng 冲		冲通盅	道冲而用之	tuó yuè 橐籥	天地之间其犹橐籥
5	shuò 数	多言数穷				
8	wù 恶	处众人之所恶				
	jī 几	故几于道				
	fú 夫	夫唯不争				
9	zhuī 揣	揣而锐之			chuǎi 另作揣	

274

章	多音字	例 句	通假字	例 句	生僻字	备注
10	zài 载	载营魄抱一	xù 畜通蓄 知通智	生之畜之，爱民治国，能无知乎？	hé 阖	天门开阖
	wéi 为	为而不恃				
	zhǎng 长	长而不宰				
11	dāng 当	当其无			gǔyǒu 毂牖 shānzhí 埏埴	jū 古音作车
	chē 车	有车之用				
12	wéi 为	为腹不为目				作动词
13	wéi 为	宠为下				
	wèi 为	吾所以有大患者为吾有身				
14	hùn 混	混而为一			jié 诘	此三者不可致诘
	mǐn 绳	绳绳不可名			jiǎo 皦	其上不皦
15	wéi 为	古之善为道者			yǎn 俨	俨兮其若客
	wèi 为	强为之容				
	hún 混	混兮其若浊				
	fú 夫	夫唯不盈				

章	多音字	例句	通假字	例句	生僻字	备注
16	fú 夫	夫物云云				
	wàng 王	公乃王,王乃天				王另版本为全
	mò 没	没身不殆				
19	shǔ 属	令有所属	见通现	见素抱朴		
	shǎo 少	少私寡欲				
20	ē 阿	唯之与阿			lěi 儽	儽儽兮若无所归
	jǐ 几	相去几何				
	è 恶	善之与恶			dàn 澹	澹兮其若海
	mēn 闷	我独闷闷				
	sì 食	而贵食母			liáo 飂	飂兮若无止
21	wéi 为	道之为物			fǔ 甫	以阅众甫
22	wéi 为	为天下式				
	cháng 长	不自矜故长	见通现	不自见故明	wā 洼	wā 洼则盈
	fú 夫	夫为不争				
23	zhāo 朝	飘风不终朝	希通稀	希言自然。		

章	多音字	例句	通假字	例句	生僻字	备注
24	cháng 长	自矜者不长	见通现 xiàn	自见者不明		
	shí 食	曰余食赘行				
	wù 恶	物或恶之				
	chǔ 处	有道者不处				
25	hùn 混	有物混成				
	qiǎng 强	强为之名曰大				
	wèi 为					
26	guān 观	虽有荣观			zī 辎	圣人终日行不离辎重
	chǔ 处	燕处超然				
27	shǔ 数	善数不用筹策			xiázhé 瑕谪	善言无瑕谪
28	wéi 为	为天下溪			tè 忒	常德不忒 tè
	zhǎng 长	圣人用之则为官长				
29	jiāng 将	将欲取天下而为之			xū 歔	或歔或吹
	wéi 为				léi 羸	或强或羸
					huī 隳	或挫或隳

277

章	多音字	例句	通假字	例句	生僻字	备注
30	qiáng 强	不以兵强天下				不敢以取强、果而勿强
	hào huán 好还	天道好还				
	chǔ 处	师之所处				
31	fú 夫	夫佳兵者、夫乐杀人者				
	wù 恶	物或恶之				
	lè 乐	是乐杀人				
	chǔ 处	言以丧礼处之				
32	fú 夫	夫欲将知止			pì 譬	譬道在天下
33	zhī 知	知人者智 自知者明				
	qiáng 强	自胜者强 强行者有志				
34	wéi 为	万物归焉而不为主	fàn 氾同泛	大道氾兮		以其终不为大,故能成其大
35	yuè 乐	乐与饵过客止				

章	多音字	例句	通假字	例句	生僻字	备注
36	jiāng 将	将欲弱之			xī 歙	将欲歙之必固张之将欲取之必固与之
	qiáng 强	必固强之				
37	wéi 为	道常无为而无不为				吾将镇之以无名之朴,天下将自定
	jiāng 将	万物将自化				
38	wéi 为	上德无为而无以为				下德为之而有以为上仁为之而无以为上义为之而有以为
	yìng 应	上礼为之而莫之应				
	chǔ 处	大丈夫处其厚				
	bó 薄	不居其薄				
	huá 华	处其实,不居其华				
39	wéi 为	侯王得一以为天下正	fèi 发通废	天无以清将恐发	jué 蹶	侯王无以贵高将恐蹶
					lù luò 琭珞	不欲琭琭如玉,珞珞如石
41	wéi 为	不笑不足以为道				
	fú 夫	夫唯道善贷且成				

279

章	多音字	例句	通假字	例句	生僻字	备注
42	chōng 冲	冲气以为和			gǔ 穀	人之所恶，唯孤寡不穀（今写作谷）
	wù 恶	人之所恶				
	wéi 为	王公以为称				
	jiāo 教	人之所教我亦教人				
	qiáng 强	强梁者不得其死				
	jiāng 将	吾将以为学父				
43	wéi 为	无为之益，天下希及之	希通稀	天下希及之		吾是以知无为之有益
44	cáng 藏	多藏必厚亡				
45	zhōng 冲		冲通盅	大盈若冲	chù 绌 nè 讷	大赢若绌 大辩若讷
	wéi 为	清静为天下正				
46	zhī 知	知足之足常足矣				祸莫大于不知足
47	zhī 知	不出户，知天下				
	wéi 为	圣人不为而成				
48	wéi 为	为学日益 为道日损				以致于无为，无为而无不为

章	多音字	例　句	通假字	例　句	生僻字	备　注
49	hún 浑	为天下浑其心			xī 歙	歙歙焉
50	yǒu 有	生之徒十有三	pī 被通披	入军不被甲兵	sì 兕	死之徒十有三,动之死地,亦十有三 路行不遇兕虎
	zhǎo 爪	虎无所措其爪				
51	fú 夫	夫莫之命而常自然	xù 畜通蓄	道生之,德畜之		
52	zhī 知	以知其子				既知其子以为天下母
	mò 没	没身不殆				
	sāi 塞	塞其兑闭其门				
	qiáng 强	守柔曰强				
	wéi 为	是为习常				
53	zhī 知	使我介然有知	yí 施通迤	唯施是畏		
	hào 好	而民好径				
	cháo 朝	朝甚除,田甚芜				
54	cháng 长	修之于乡,其德乃长 (也有作 zhǎng 长)			chuò 辍	子孙以祭祀不辍

281

章	多音字	例 句	通假字	例 句	生僻字	备 注
55	háo 号	终日号而不嗄				有声无泪曰号,有泪无声曰泣。
	shà 嗄					
	zhī 知	知常曰明				
	qiáng 强	心使气曰强				
	zuī 朘	不知牝牡之合而朘作				
56	sāi 塞	塞其兑,闭其门	知通智	zhì 知者不言 zhì 言者不知		
	wéi 为	为天下贵				
57	qí 奇	以奇用兵				
	wéi 为	我无为而民自化				
58	mēn 闷	其政闷闷			guì 刿	(圣人)廉而不刿
	qí 奇	正复为奇				
59	fú 夫	夫唯啬,是谓早备(服)	啬通穑	治人事天莫若啬;夫唯啬,是谓早备(服)		简本作"早备"
	zhòng 重	早备(服)谓之重积德				
	wéi 为	是为深根固柢、长生久视之道				

282

章	多音字	例句	通假字	例句	生僻字	备注
60			xù 畜通蓄	大国不过欲兼畜人		
62	wéi 为	故为天下贵				
63	wéi 为	为无为				为大于其细,以其终不为大,故能成其大
	nán 难	图难于其易 圣人犹难之 终无难矣				
64	sǎn 散	其微易散			pàn 泮	其脆易泮;为者败之,是以圣人无为,故无败
	wéi 为	为之于未有 辅万物之自然而不敢为				
65	wéi 为	古之善为道者			jī 稽	知此两者亦稽式
	nán 难	民之难治,以其智多				
66	wéi 为	江海之所以能为百谷王				故能为百谷王 处前而民不害
	chǔ 处	是以圣人处上而民不重				
67	xiào 肖	夫唯大,故似不肖				天下皆谓我道大,似不肖;夫唯大,故似不肖
	wéi 为	不敢为天下先,故能成器长				
	zhǎng 长					
68	wéi 为	善为士者不武				善用人者为之下
	yǔ 与	善胜敌者不与				

章	多音字	例句	通假字	例句	生僻字	备注
69	xíng 行	是谓行无行 xíng xíng				也有作行 háng 无行
70	zhī 知	吾言甚易知	pī 被通披	是以圣人被褐怀玉		天下莫能知莫能行是以不我知
	xíng 行	甚易行				
	fú 夫	夫唯无知				
71	zhī 知	知不知上，不知不知病				
	fú 夫	夫唯病病，是以不病				
72	fú 夫	夫唯不厌，是以不厌	yā 厌通压	无厌其所生，夫唯不厌，是以不厌	xiá 狎	无狎其所居
73	wù 恶	天之所恶，孰知其故			chǎn 繟	繟然而善谋
	yìng 应	不言而善应				
74	wéi 为	为奇者吾得执而杀之	希通稀	希有不伤其手	zhuó 斲(斫)	是谓代大匠斫 zhuó
	fú 夫	夫唯代大匠斫者，希有不伤其手				
75	wéi 为	民之难治，以其上之有为				
	fú 夫	夫唯无以生为者，是贤于贵生				

章	多音字	例句	通假字	例句	生僻字	备注
76	qiáng 强	其死也坚强				
	chǔ 处	强大处下,柔弱处上				
77	wéi 为	是以圣人为而不恃	见通现	xiàn 其不欲见贤		
	chǔ 处	功成而不处				
78	qiáng 强	而攻坚强者莫之能胜				是为天下 wéi wáng 王
	zhī 知 xíng 行	天下莫不知。莫能行				
79	hé 和	和大怨,必有余怨	责通债	zhài 手执左契而不责于人		
80	shíbǎi 什佰		什伯通十佰	使有什伯之器		
	zhòng 重	使民重死而不远徙				
	chéng 乘	虽有舟舆,无所乘之				
	shí 食	甘其食				
	lè 乐	乐其俗				
81	wèi 为	既以为人己愈有	知通智	知(智)者不博,博者不知(智)		圣人之道, wéi 为而不争

285

附三

老子宇宙模型

科学提供严谨的实证,探究宇宙;老子哲学,超越时空,揭示宇宙的本原。

——题记

文章标题:

老子宇宙模型

主题词:

老子 宇宙本源 宇宙模型 道生时空 黑洞时空

内容简介:

《老子宇宙模型》用现代科学解读老子宇宙生成论,将老子宇宙观模型化。把"道生一"解读为道创生了时空,从而与广义相对论相对接,广义相对论认为时空为一体。首先是老子之道产生零时空、零物质(因道与零时空和零物质有许多共同点),同时根据老子"万物负阴而抱阳,冲气以为和"的哲理,把黑洞解读为黑洞时空(因内储纯能量——属阳),不再是天体;与星系时空(主要由天体物质构成——属阴)相对应,时空结构有了维系平衡的实在双方。这样解释宇宙结构,更为合理、更圆满;实质道明了宇宙生态平衡的本质问题。总之,用现代天文学对《老子》文中隐含的宇宙时空和宇宙模型进行明晰的阐述,使其具体化、可视化;将哲学的思辨与现代科学成果相融合。

Lao Tzu's Universe Model

Key Words

Lao Tzu the origin of universe Universe Model

Space–time generated by Tao the Black hole of space–time

Brief introduction to the paper

Lao Tzu's Universe Model Interprets Lao Tzu's theory of the creation of the universe as well as makes Lao Tzu's cosmos view modeled with modern science. Tao Starting One is interpreted as the creation of time and space by Tao, which is relative to General Relativity, in which time and space is considered as the union of spatial–temporal. First of all, Lao Tzu's Tao is set as zero –matter (because Tao and zero –matter have many things in common). At the same time, according to Lao Tzu's philosophical theory, in which everything bears Yin while embracing Yang and the air is driven as harmony, the black hole is interpreted as black hole of space–time (belonging to Yang), and is no longer a celestial body. Corresponding to galactic space–time (belonging to Yin), the space–time structure has two sides of reality that maintain balance. As a more reasonable and complete explanation of the structure of the universe, it essentially explains the essence of the ecological balance of the universe. In a word, the author uses modern astronomy to make a clear Interpretation of the space-time and model of the universe which is suggested in Lao Tzu, to makes it concretized and visualized and also integrates philosophical speculation with modern scientific achievements.

《老子》是中华文化之根，揭示了宇宙万物的本原；又是知行的灯塔，指引我们认知真理，践行真知。现代科学的迅速发展，为解读《老子》提供了可靠的材料。本文以现代科学解读老子的宇宙创生论，从而呈现老子的宇宙模型；这对我们探究宇宙的本原极具意义。

一、宇宙生于无

《老子》四十章："天下万物生于有，有生于无。"无是什么？无即道，老子之大道；大道本体即无。用现代科学的物理概念，叫作"零物质"。零物质没有体积，不占用空间；没有质量，运动无须能量。详见徐鸿儒《零物质论——论老庄哲学中的道的物理意义》[1]。

---

[1]徐鸿儒《零物质论》论述了零物质的特征：其一，体积为零。其二，质量为零；因为质量为零，所以没有重力，与其他物质之间没有引力；因为质量为零，运动不需要能量；因为质量为零，电位永远为零，不受电场的影响，也不受磁场的干扰；因为零物质无大小、无形状，可以穿越任何事物，其运动不受时空限制，超越时空。其三，零物质不灭；并具有多样性。与《道德经》中老子所描述的"道"很接近。

有生于无，即万物生于道。道从何来？《老子》二十五章："道法自然。"字面意思为，道遵循自己使然的法则。庄子在《庄子·大宗师》中对老子"道法自然"的注释简洁且到位："道自本自根，未有天地，自古以存。"道是本源至极，其上无法追究。

道为什么有自生功能呢？《老子》二十一章："（道）其中有精，其精甚真，其中有信。""精与信"是道生万物的本质特征，"精"即"精质"，相当于现在科学认定的"能量"，"信"相当于"程序、规则"。

现代科学与老子宇宙观最接近的当推爱因斯坦的广义相对论。根据广义相对论计算方程，必然产生量子涨落，又根据希格斯场对称性破缺原理，物质产生；于是宇宙从无到有正在验证，既然无可以生有，最后充满生机也就有了可能。

二、宇宙生成过程

《老子》四十二章："道生一，一生二，二生三，三生万物。"这几句话凝练地陈述了道创生宇宙的全过程。

（一）道生一——道创生时空

道是无，没有质量，没有体积，人们无法认知。老子的学生文子说："道始于一。"这句话的意思是，人们认识道是从"一"开始的。

一是什么？古人认为，是浑沌未分的统一体，浑然一气；或是无极，如此笼统的注释已无法满足现代科技飞速发展的认知需要。零时空最接近道之"一",可以感知,但不能触见;可以同任何物质耦合;在物质未出现前就有了它,里面潜藏着运动规则。若问"一"到底是什么?回答:是时空。

"一"作为时空,称为"先天时空",也可以称零时空。先天时空与后天时空不同,后天时空已被物质和物理场所融合、规定。先天时空是物理时空场之基。有人称它为"真空",处于基态的量子场真空。

"一"为时空的几点理由:

第一, 老子早就明言道即时空。这里的"道"即"一"。《老子》二十五章:"大曰逝,逝曰远,远曰反。"大即道,逝即时间,远即空间。

第二, 科学解的基态量子场(真空),科学家都认为接近于道,实际上是"一",即时空,为先天时空。

第三, 道创生一切,首先当然是时空,没有时空,一切焉附?

第四, 道其大无外,其小无内;时空亦然。

第五,先天时空可以理解为宇宙之基,它灵活多变,融合于其他物理场。而事实上,无法剥离出"先天时空",它已与各种形态的场和物质形式混于一体。正如无法将"一"剥离出来一样。

"一"为时空的重大意义:

道生时空观解决了许多理论困扰。

1、平息"唯物论"与"唯心论"之争。时空是物质（能量），宇宙源于物质。

2、实现"创生之母道"与科学的对接。可以理直气壮地说：道是科学之父。

3、可以明确地解读古人对"炁""气"的论述，《关尹子·六匕篇》以一炁生万物，"炁"即真空场；"万物负阴而抱阳，冲气以为和"，这"气"即现代科学解读的物理场，如果说真空场是先天时空，那么物理场便是后天时空。让人费解的"气"和"炁"，迎刃而解。

4、圆满解决了大爆炸理论的疑点。宇宙源于大爆炸，已得到科学界的普遍认可。大爆炸之前，宇宙是什么样子？科学无法回答。道生时空论，圆满地解决了这一问题。

5、似有似无的"以太"疑云也烟消云散。"以太"是所谓真空场。洛伦兹认为，以太是牢固地固定在空间里，完全不能动。爱因斯坦认为："以态在物理学中，没有意义；但现实中，没有以太的空间是不可思议的。一无所有的空间，就是没有场的空间是不存在的[1]。"爱因斯坦说出了老子"一"的辩证关系。

附文：科学家对时空的阐述，详见附（一）。

（二）一生二——正负时空诞生

一生二，哲学层面理解为，阴阳出现。《周易》

---

[1]爱因斯坦.狭义与广义相对论浅说.任定成主编[M].北京:北京大学出版社,2006年元月,第177页倒16行。

曰："一阴一阳之谓道。"这里的"道"指的就是"这个时期的道"（从"一"分化为阴阳）。就宏观而言，即先天时空出现分化，分为正时空和负时空；就微观而言，根据量子力学和弦理论，时空中出现零点量子涨落；超弦出现，并分为开放超弦和闭合超弦的运动[①]，同时弦膜产生，时空区域开始"设定"。区域中虚粒子和实粒子活跃，正负电子出现，正物质和负物质产生；物理场产生，时空弯曲初始态出现。

时空分化为正时空和负时空（原初量子黑洞产生）；只要时空遵循广义相对论的方程，量子涨落就必定会发生[②]，这意味着物质元素的产生。

(三) 二生三——物理场、能量、意识出现

正负时空在运作过程中出现物理场：包括引力场、电磁场、核力场等；在不断聚集中场意识出现，实际上，场意识早已存在，此时显化。于是，运动成了有意识的运动。这是从宏观而言。

就微观而论，这"三"是多样的，只有三的多样性，才有万物的多样性。粒子演化的强子、轻子和传播子，电子、质子和中子；中微子、夸克、玻色子；基本粒子、原子和分子；引力子、光子、胶子——继续存在；一

[①] S.古布泽.弦理论[M].季燕江译.重庆：重庆大学出版社，2018年6月,第68页11行。

[②] 爱因斯坦.狭义与广义相对论浅说.杨润殷[M].任定成主编.北京：北京大学出版社,2006年1月,第177页倒6行。

对正、反粒子相碰可以湮灭，变成携带能量的光子，即粒子质量转变为能量。能量也自然会转变为粒子。

（四）三生宇宙——星云、星团、星系生成

《老子》二十一章对道生万物过程进行了描述："道之为物，唯恍唯惚。"这恍惚之态就是"三生万物"的情景。"二"时，时空为标量场，到"三"时，由于意识的出现，时空转为矢量场。

宏观而论，多种场的交合，产生诸多不同的物质。星云、恒星、行星、卫星生成。自然形成各自的轨迹，构建了星系，各星系组建了宇宙[①]。

我们再从广义相对论来理解宇宙天体的运行，天体占据时空场，使时空弯曲，而后沿着弯曲的空间顺势而行（也可这样表述，时空场顺着天体弯曲，天体沿着时空弯曲线路绕行）。星系运行结构同时完成。

（五）构建宇宙均衡体系

天体拥抱时空，时空顺势弯曲，自然形成各自的轨

[①] 王爽著.宇宙奥德赛[M].北京:清华大学出版社,2019年10月。论述了恒星衰亡过程:恒星成为白矮星。钱德拉赛卡认为,白矮星质量超过太阳质量的1.44倍,就会继续塌缩下去,成为中子星。

芭楚莎《黑洞简史》杨泓译,湖南,湖南科技出版社,2017年8月,记述了奥本海默极限,恒星塌缩成为红巨星之后,如果恒星核超过太阳质量的3.2倍,会永久塌缩下去,成为黑洞。1784年米歇尔提出的"暗星"理论,人们用于称黑洞。

迹，构建了太空宇宙。《老子》四十二章："万物负阴而抱阳，冲气以为和。"有人将"气"解为"场"，在场的动作中，宇宙构建平衡态。

附文：史上关于宇宙本源的猜想，详见附（二）

三、老子宇宙模型

广义相对论认为，宇宙可能是有限无界的[①]。这与老子描述的相吻合。

（一）宇宙里套着小宇宙。可以用拓扑的观点来理解。《老子》二十五章："域中有四大，道大、天大、地大、王亦大。"

这里出现了两个时空概念，域、天地。域比天大，今天我们可理解为天就是宇宙。古人有七重天的说法，说明天不止一个，就是说有多个宇宙，那么域是什么呢？域即道所达的区域。

（二）宇宙的结构

牛顿以万有引力构建的天体结构，因爱因斯坦的广义相对论而另有注释。广义相对论认为，时空与天体的相互作用维系这个宇宙，然而他自己也发现相对论的不足，不能彻底严明地说明宇宙的本质结构[②]。但宇宙可能是有限无界的球体，这与老子对宇宙结构的描述相吻合。老子对宇宙的描述辑于下：

[①][②]爱因斯坦.狭义与广义相对论浅说[M].任定成主编.北京:北京大学出版社,2006年1月,第87页。

1. 小宇宙是张网

老子认为，小宇宙结构像张网。《老子》七十三章："天网恢恢，疏而不失。"

很长一段时间。人们将这句话用来比作法网。解释为法网广大无边，虽稀疏但没有漏失。那是承上文"天之道，不争而善胜，不言而善应，不召而自来，繟然而善谋"引申出来的；实际上"天之道"是从"天网恢恢，疏而不失"这个严密的天体结构中引伸出来的。

宇宙天体结构，如同一张网。既是网，就有纲，有经和纬，有网格和网点。这是一个严密的天体运行结构，而且是全息的。网中一处震动，全网皆有感知。

2. 小宇宙像风箱

《老子》第五章："天地之间，其犹橐龠乎？"

小宇宙如同风箱，既然是一个比喻，比喻就有相似之处，要知道，古代的风箱是用皮做的，可伸缩。与有限无界宇宙论也吻合。

从上两点小宇宙模型推出老子宇宙模型：

宇宙由诸多小宇宙构成，宇宙套叠存在，它们之间是全息关系，结构相似。小宇宙像张网，其结构如同伸缩的气囊；宇宙有限无界。宇宙永不消失，小宇宙坍缩，又有新型的小宇宙产生；如此更迭，动态平衡。其正负时空的平衡，主要依赖阴阳两气交冲中和（显物质与暗物质能量的平衡）。阴阳两气的中和主要通过正负时空来实现。因为不平衡而运动，因为要保持平衡而运动，故宇宙永远处于运动中。

宇宙起源于"大道"所生之"一"（时空），人们无法认知时空起始，"迎之不见其首，随之不见其后"（《老子》十四章）；而后逐步发展壮大，其间难免出现大爆炸，经过漫长的繁衍，成就了今日繁荣的宇宙。

宇宙、银河系、太阳系世界线示意图

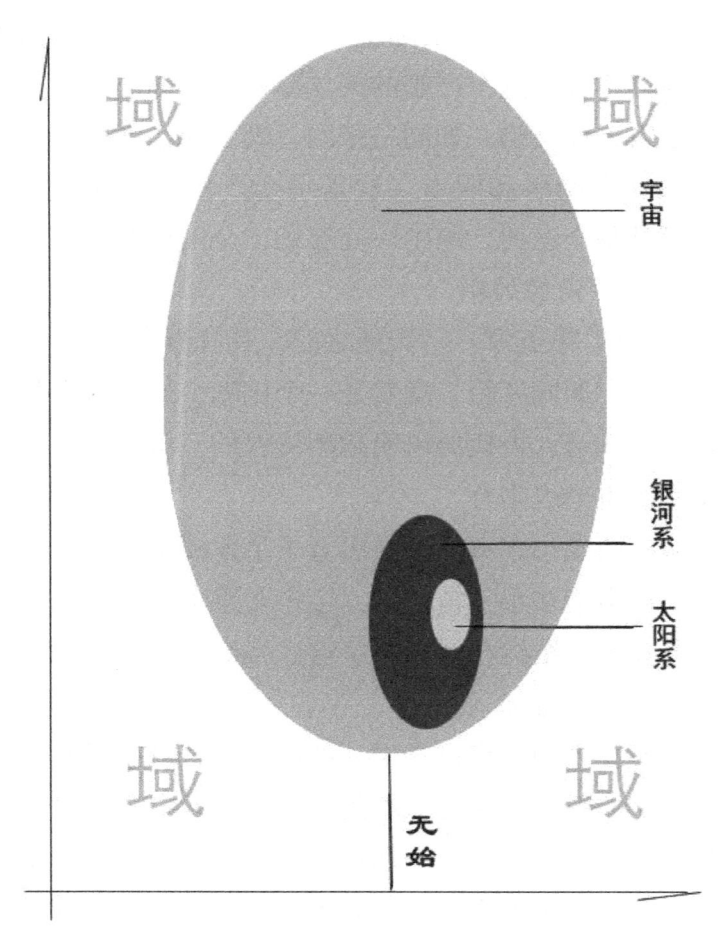

附文：历史和当今宇宙模型简述，详见附（三）。

四、大道时空观

爱因斯坦广义相对论认为，时空一体不可分离。闵可夫斯基在1908年讲解爱因斯坦广义相对论时说："从此孤立的空间和单纯的时间注定消隐为过去，只有两者的统一体才会走进鲜明的现实[①]。"

这与大道时空观相吻合，在上文"道生一"节已作叙述。

（一）绝对时空

绝对时空即"无"时空，或叫作零时空。这是永恒不变的时空，时空基于恒道之中。大道绝对时空与牛顿的绝对时空不同。大道绝对时空是零时空，或无时空；牛顿的绝对时空是有时空，而且绝对空间和绝对时间分离；实际上牛顿的绝对时空是大道的相对时空。绝对时空数学的表达式为"零"（即 t=0）。

绝对时空与恒道一体。《老子》在二十五章说："大曰逝，逝曰远，远曰反。"逝即时间，如，孔夫子"逝者如斯夫"中的"逝"即时间。"大曰逝"，大即大道，大道与时间一体，不可分离；空间与时间一体，绝对时空是永恒的。老子这段话，同时描述了宇宙时空的扩张与收缩整个过程。

[①] 芭楚莎.黑洞简史[M].杨泓等译.湖南：湖南科技出版社，2017年8月,第24页7行。

(二) 相对时空

相对时空，物质产生之后的时空。严格来说就是"道生一"之后的时空。

相对时空产生于绝对时空，绝对时空总是要转化成相对时空。老子认为：域，包含了天；天，包含了地。这实际上是论述了时空的套叠关系。

按照时空区域的大小进行分类，将相对时空分作域时空、场时空、黑洞时空、星系时空和天体时空。

1. 域时空。是道所及时空，基态时空。或叫真空。

2. 场时空。是宇宙基场连同各种物理场的组合，并以此计算宇宙寿命。场时空具有意识，是矢量时空。所以会膨胀。

3. 黑洞时空。非欧几里得时空，又称负时空。与星系时空相对应。

4. 星系时空。与黑洞时空相对应，包括天体时空和星云、星系团、星系时空。单个天体时空的形成，如恒星时空、行星时空、卫星时空，天体不断的壮大，使时空弯曲交叉。

5. 最新相对时空观

最新时空是指按显物质内和外将时空分为两类：外时空与内时空[1]。外时空是物质存在的外在形式。比较

---

[1] 任恢忠.物质·意识·场[M].上海:学林出版社,2003年11月第3次印刷:《内部时空观》节 P323-325 页。

好理解，如太空。物质（如天体）诞生，内时空出现。内时空既是物质存在的基本形式，又是物质演化的内在尺度。内时空还具分型的特性，而这分型是非均匀性的，这非均匀性分型造就了神奇的大自然。

（三）时空的弯曲

时空的弯曲是同性的、统一的，同时又是灵活的，随物质的变化而变化。《老子》二十二章："曲则全，枉则直。"是对时空的描述。只有弯曲，方可保全；那些正直的东西，在宇宙中全是弯的，时空也不例外[①]。广义相对论的时空弯曲（时空可任意拉伸、折叠、卷曲）与老子的观点相吻合。

总之，老子大道理论是中华文化的瑰宝，两千多年过去了，仍然熠熠生辉，具有生命力。老子为我们认知宇宙本源奉献了独一无二的法宝"道"；大道理论揭示了宇宙万物的共同源头，又必将构建人类文化的统一大平台（详见《大道绝对统一论》详述）。

五、附文

附（一）：科学家对宇宙时空的阐述

1. 星际介质。科学家将恒星之间的区域称作星际介质，包含70%的氢、28%的氦及2%的重元素。氢和

[①]欧几里得时空是平直的三维空间，黎曼时空是弯曲的时空,于是他们的度规张量不同,如,欧几里得三角形内角和等于180度,而黎曼时空三角形内角和大于180度。

氦以气态形式存在，重金属大部分以固态形式存在，人称尘埃。所以星际介质是由气体和尘埃构成。

2. 以太。为使力的传递有媒介，人们提出"以太"假设。麦克斯韦认为，以太是一种纯粹机械性质的实体。赫兹认为，以太是电磁场的载体，与物质无别。洛伦兹认为，以太是电磁场的基体，不具力学性质和电磁性质，唯一的特性是不动性。

狭义相对论取消了以太的所有性质，认为以太假设是无用的假设。但不否定以太存在，否定以太的存在，意味着承认虚空中绝对没有任何物理性质，不符合力学基本事实。

3. 场空间。广义相对论认为，时空连续区度规性质是各不相同的。取决于该区域之外存在的全部物质。"虚空空间"既不是均匀的，也不是各向同性的。空间具有物理的信息。

笛卡尔认为，空间与广延性是同一的。没有物体的空间是不存在的，即一无所有的空间是不存在的。与广义相对论相吻合。水银气压计中有真空存在，即什么也没有的空间，否定了笛卡尔的观点。

附（二）：当今世界关于宇宙起源的三个猜想

1. 宇宙源于大爆炸

1932年，勒梅特提出了宇宙是由一个极端高温高压状态下的"原始原子"突发膨胀产生的，这一理论启发了伽莫夫。伽莫夫于1948年发表了《宇宙的演化》，建立了宇宙大爆炸理论模型。原始火球爆炸后，里面的物质会向四周扩散开，并且密度会渐渐地变低，有些物质会变成星际里面的一种介质，而有些则会变成行星。所有元素在大爆炸后备齐，在长时间不停的膨胀情况下，宇宙慢慢地诞生。

20多年以后，由于宇宙微波背景辐射被证实，再加上星球红移现象的发现，使大爆炸模型成为人们公认的标准宇宙模型。目前关于引起爆炸的原因没有科学论证。那"原始原子"从何而来，也没有着落。

2. 宇宙膨胀论

这是苏联物理学家安德烈·林德提出。20世纪70年代，林德在物理学国际年会上发布：真空中所有能量释放出来，就会产生许多微能量泡，它们会暴涨为许多宇宙。每个宇宙都以自然的方式从标量场中衍生出来，都经历过大爆炸阶段，大爆炸不是宇宙的起源。而其中的一个泡成了我们今天的宇宙。这样就回避了"奇点"带来的问题。（费尔津译《霍金的宇宙》，海南出版社，第204页）

宇宙膨胀理论认为，压缩的宇宙物质飞离，会在很短的时间快速变大，这个时候宇宙温度也逐渐变低。在膨胀的过程中，当温度下降到一定的程度，运动停止，而后开始回缩；凝到最后发生爆炸。

问题是其他宇宙泡到哪儿去了？

3. 宇宙无始无终（无起源说）

宇宙的整体范围之内所保持稳定的状态。宇宙时空是无限的，不会消亡，但也不会被创造。不管是宇宙里面各种物质还是星体数量，都是处于稳定状态的，变化以不变的速率进行，新物质不断产生，空间同量物质。所以宇宙可能是永恒存在的。埃及和加拿大的科学家将量子修正项用于爱因斯坦的广义相对论中，得到一个最新模型，显示宇宙可能是永远存在着，没有起点也没有终点。（见《人民网》2015年2月11日7点29分发表文章《最新模型显示：宇宙无始无终永恒存在》）。

附（三）：史上和今天设想的宇宙模型

（1）哥白尼的球形宇宙。宇宙是球形的（哥白尼《天体运行论》，北京大学出版社，第5页）。天体的运动是匀速的、永恒的和复合的圆周运动。

（2）牛顿的中心密集宇宙。宇宙具有某种中心，处在中心的星群密度最大，从中心往外，诸星密度逐渐减小，最外是无限的空虚区域。这样导致的结果，有限的物质宇宙注定逐渐而系统地被消弱。

（3）爱因斯坦的准球形三维宇宙。计算结果表明，如果物质是均匀分部的，宇宙必然是球形的。由于物质的细微分布不是均匀的，宇宙是准球形的（爱因斯坦《狭义与广义相对论浅说》，北京大学出版社，第87页倒数第2行）。爱因斯坦广义相对论认为，一个有限而又无界的宇宙的可能性。即宇宙是一个闭合的三维超球体，宇宙空间被各种能量弯曲。

（4）超弦 11 维宇宙模型

20 世纪超弦理论兴起，弦理论提出宇宙新模型，提出了 11 维的宇宙模型概念。因为 11 维与人类认知的四维很难对接，故有维度卷曲的设想，仍没有标准规范的模型。

（5）人脑宇宙模型。宇宙可能是一个巨大的生命体，所有的星球是宇宙的细胞，人类只是宇宙中的微生物。美国圣地亚哥加利福尼亚大学教授德米特里·克里欧科夫提出，宇宙的成长如同人类的大脑一般，这是否意味着宇宙如同大脑一般拥有自己的生命？因此推想出，宇宙是一个生命体。

（4）（5）为宇宙最新模型。

后 记

我这一生,最大的幸运,就是读《老子》,悟《老子》。它是中华顶级文化,是融合世界文化的大平台。我深切地感悟到,来到这个世界上,我的责任就是传承和弘扬老子之道。

回顾自己的历程,我所历经的坎坷,每一步,都是那么实在、那么准确,不可或缺。之前不论,光说退休之后。准备带孙女,因担心她无法进城区实验幼儿园,计划到我居住区幼儿园;后来她进了城区。如果在我身旁,本书将晚三年写就,也许就无法完成;因为灵感是有时效的。

经过诸多曲折,终于将感悟整理成册,并付之出版。有些感悟虽不被人理解,但我想起老子的话:"吾言甚易知,甚易行,天下莫能知,莫能行。"圣人之言人们且无法理解,更何况我们常人。

我们有幸悟及老子,却感到老子正道并没有得到正常传承与弘扬;我们的心情十分难过。以下随笔便是这种心情的真实写照:

无奈出函谷,